香りの物語が、

海と言語を越えて嬉しいです。

千早 茜

這本關於香氣的故事，

能夠飄越大海跨越語言，令我非常開心。

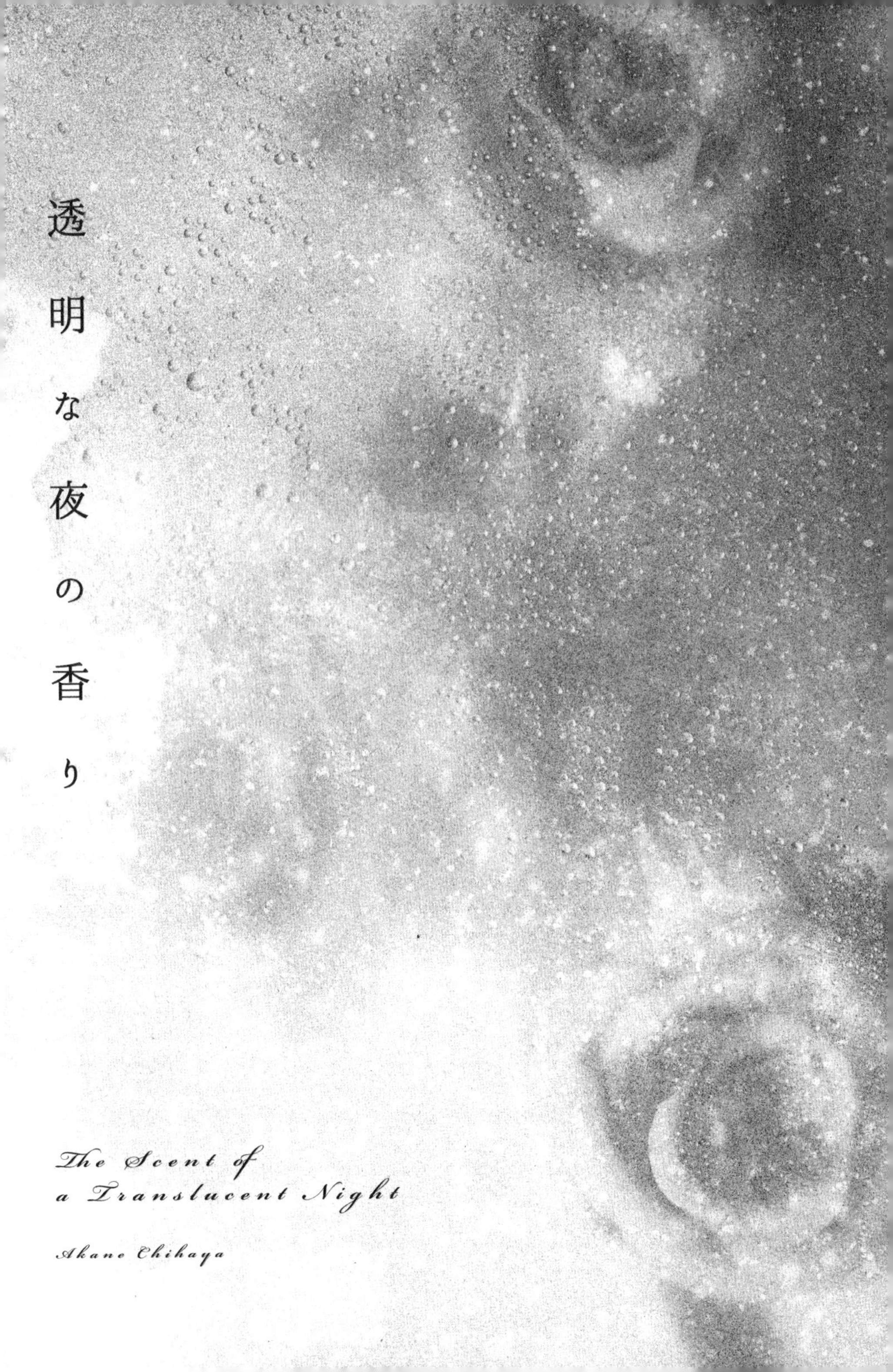

透明な夜の香り

The Scent of a Translucent Night

Akane Chihaya

透明夜晚的香氣

千早茜

林佩玟—譯

Contents

1

Top Note

花的顏色很強烈。

鮮豔的紅刺入眼中，我停下了腳步。

再一步就到外頭了，再一步就可以走出陰影處。每次都在這一步，因為刺眼的光和色彩而頭暈目眩，我也總是因此躊躇不前。

當我還僵立在單身公寓的狹窄走廊下，從一樓內側的門裡走出來的女性快步越過我，裝得鼓鼓的大紙袋不耐煩地撞到了我。

一個沒站穩，肩膀碰到了公寓的牆壁。單調水泥牆的冰冷透了過來，無論再怎麼想溫熱它，都只是不斷被榨乾暖意，牢不可破、無動於衷的冰冷。在我體內深處也有相同的冰冷，我感到記憶緩緩地從那深處匍匐而上。

低下頭，剛才走下的階梯映入眼簾，亮白的光芒從最後一階慢慢地延伸向前。還是回屋子去吧，等到傍晚再出門就好，這個季節實在太刺眼了。

「妳還好嗎？」

聽到聲音我抬起頭，看見房東太太蹲在爬藤玫瑰叢邊的彎駝背影，她一手「砰砰」地拍打著腰部站起身，另一手抓著雜草和枯葉。即使站起身了，她的背還是駝的。

房東太太背後，是與無生命力的公寓不相襯的英國風彎曲拱門與綠籬，翠意盎然的爬藤玫瑰密不透風地攀爬其上，只要幾天不注意，現在還緊緊閉合的花苞就會變成一朵朵盛開的花。大肆開展的花瓣，就像潑灑了大紅色油漆一樣，刺痛眼睛。住在玫瑰花叢裡，是房東太太的興趣。

房東太太雖然嘴裡喊著「嘿咻嘿咻」，卻仍踏著穩健的腳步走來。染成紫色的白髮用髮網梳起，她一整年都穿著圍裙。

「看來終於分手了呢。」

不知道她指的是什麼，我含糊地回應了一聲。雖說是回應，其實也沒有好好發音，而是不成語彙的一團咕噥。房東太太似乎沒有聽見，她毫不在意地用下巴指了指從一樓走出來的女性離開的方向說：「妳看到了嗎？那麼大包的行李，還臭著一張臉走出去。」

「那是常常來找１０２室高田先生的女人。」

不知是否對遲鈍的我感到不耐煩了，她快速地在我耳邊悄聲說。

「就是啊，最近他們不是每天晚上都在吵架嗎？吵死人囉，這下子終於可以清淨了。不過高田先生這個人也真是的，都已經有老婆小孩了，就算是獨自外派，也不能這麼光明正大帶回來啊。」

這麼一說那些聲音聽起來確實很像爭吵聲，我一面這麼想，一面看著房東太太嘴邊的皺紋一伸一縮。他們是在晚上吵架嗎？我在終日拉上窗簾的房間裡感受不到晝夜。

房東太太忽然抬頭看我。

「很久沒看到妳了呢。」

我只要和他人四目交接就會全身僵硬，我吞了口唾沫，擠出笑容，「是這樣嗎？」房東太太每天都要整理爬藤玫瑰，她在爬藤玫瑰旁閒晃，觀察公寓居民的一舉一動。千萬別小看喜歡打探他人之事者的洞察力，只要說謊馬上就會被拆穿。

「妳要去哪裡？」

「買點東西。」

我重新背好只放了錢包和手機的布製環保袋，房東太太把我從頭到腳細細地打量了一番：破舊的休閒鞋、從高中穿到現在的連帽外套，條紋T恤式連衣裙的衣領鬆垮垮地縐成了荷葉邊，就算被誤會成是睡衣也沒辦法；為了掩飾素顏而戴著眼鏡，連護唇膏都沒擦。說是去買東西，這身打扮很明顯就只是要去超市而已，除了超市我也沒其他地方可去。

我暫時隨著房東太太的東家長西家短應和幾聲後，看準時機說聲「那我先走了」，就越過了玫瑰拱門。背後傳來了視線，她一定是看穿了我沒在工作。

走在住宅區的街道上，本以為剛才站著閒聊時已經稍微習慣了，沒想到陽光還是好刺眼呀。隨風搖曳的新枝嫩葉切碎了陽光往四面八方灑去，在飽滿的陽光中，每一件事物的輪廓都太過清晰，光是睜開眼睛，世界就洶湧而來。眼底深處強烈地作痛，是關在房裡太久了所以眼睛變差了嗎？我低頭盯著灰色的柏油路往前走，迎面而來的腳踏車卻大肆按響了車鈴。眼看差點躲不過，我縮起肩膀，一動不動地等著腳踏車騎過。

即使在過斑馬線時，我對綠燈的反應也比一起等紅綠燈的其他人還要遲緩，跟在推著步行器的老人家身後幾步慢吞吞地走，在號誌開始閃爍時才終於穿越斑馬線。

我心一橫，繞了一段路，經過車站前的書店，用眼角瞄了瞄店內。原本幾乎每天都要來此上班的職場，書架的陳列和海報都已換新，彷彿成了我不認識的店。前同事皋月正在和常客談笑，說話時手也沒閒著，一邊整理雜亂的雜誌架。襯衫加上格紋背心和深藍色裙子，我已經無法清晰回想起穿著那身制服的自己了。當時的我是什麼表情呢？也是像那樣抬頭挺胸在工作嗎？皋月的視線忽然轉向這邊，於是我撇開目光離開了書店。

午後的超市空蕩蕩的，隱隱約約有一股懶散的氣氛。堆放在特價商品角落的紙箱外緣，無力地垂散著軟爛的高麗菜葉，也許是打算傍晚前再補貨，紙箱中的高麗菜只剩下兩顆。感覺好沉重呀，我轉身離開。

確認過錢包後，只有六千日圓和一些零錢。就算只待在家中，還是要花錢繳房租和水電費，不斷減少的存款金額已經剩不到二十萬日圓，這個月只能靠這些金額想辦法過日子了。

輕嘆了口氣，我在貨架間繞來繞去，最後在購物籃中塞滿了杯麵和甜麵包。反正看到生肉和蔬菜也沒有引起食慾，買了食材我也沒有自信煮得完。在收銀臺遞出兩張千圓鈔，然後收下少得可憐的零錢。

從購物籃中拿出杯麵和甜麵包收進環保袋裡，掛在眼前牆上的軟木公布欄映入眼簾。這大概是鄰里公布欄，上面貼著舞蹈教室的介紹和市集通知，下方用圖釘釘著一張有著醒目留白的紙，紙張幾乎整個超出了公布欄的範圍。

上面以濃厚的粗黑字體印著「急徵計時員工」。

——家事幫傭，兼行政人員和接待人員。經驗不拘。面議。

資訊只有這樣，加上十一個似乎是手機號碼的數字，以及電子郵件地址。連什麼樣的公司、地點、工作時間和年齡限制都沒有寫，意思是一切都「面議」嗎？只有文字沒有其他花樣的紙張，在五彩繽紛的傳單中反而顯得突出。

會是家族企業的小工廠之類的嗎？一直以來都是靠著自家人努力經營，所以不習慣寫徵人啟事吧。這種不熟練的感覺有種親切感。

我舉起手機拍了張照片，拍照聲意料之外地大聲。

本來想確認拍攝的照片，結果一個堆滿食材的購物籃「砰」的一聲放到了我旁邊。上臂粗壯的中年女性探過身來，用力地拉扯我購物籃前方的圓筒狀塑膠袋，我只好將手機收進購物袋中，讓位子給她。

回到公寓之後，房東太太已經不見了。爬藤玫瑰的根圈土壤濡溼，散發出泥土的氣味，喝飽水的鮮紅玫瑰似乎更顯嬌豔了。我拖著沉重的步伐進入屋內，坐在狹窄廚房的地上，微暗的空間涼爽得很舒服。

我從購物袋中拿出一個甜麵包，打開包裝，大口咬下和臉一樣大的漩渦狀丹麥麵包。多層次的麵包體在牙齒間被凹折壓扁，淋在表面的白砂糖奶油沾到了唇上。好甜、好油，除此之外我吃不出其他的味道。也不是特別好吃，然而一旦咬了一口感覺就必須吃完才行，我重複著單調的咀嚼動作。

甜味讓口腔變得遲鈍，我直接就口飲下在公寓入口自動販賣機買的寶特瓶裝綠茶。在超市買明明更便宜的說，總是在未經思考之下不小心多花了錢。

「必須去工作才行。」

我喃喃自語，細微的聲音飄蕩在拉上窗簾的幽暗房中。

打開手機畫面，看著剛才在超市拍的照片，雖然沒有對到焦，但勉強看得懂聯絡電話的號碼。我想著應該要打電話，拿著手機煩惱了幾秒後，匍匐在地，拿起丟在矮桌上的原子筆。我尋找紙張，卻沒看到適合的，於是將照片上的號碼寫在錢包中的收據背面，只是這樣就覺得完成了一項工作。

我站起身，坐在睡醒後沒整理的床上，吸口氣，撥出電話號碼。

沒人接。在數了十聲鈴響，正打算掛斷時，尾音充滿力道的「喂！」灌進耳裡。

我將手機稍微拿離耳邊。對方似乎是個急性子，大叫著：「喂喂？哪位啊？」

看來是位男性。

「那個，我看到了徵人廣告……」

「蛤？」

大概是聽不清楚，男子發出了覺得麻煩的聲音。感覺電話那一端和這間房子一樣是個密閉空間，但有時會傳來物品摩擦的窸窣聲。

「啊，對喔對喔，打工的廣告。」

男子像是突然想起來一樣喊了一聲，然後用敷衍的語氣補了句「謝謝妳的來電」。

「那妳簡單介紹一下妳的姓名、年齡，再來是工作經歷吧。啊，履歷，履歷用PDF寄……」

「那個，」我打斷他的話。

「我沒有電腦，可以告訴我地址嗎？我寄過去。」

我聽到了細微的「嘖」一聲，這時候，從男子後方傳來乾澀含糊的聲音，「還沒好嗎？」甜膩的語氣，似乎是位年輕女性。

男子慌張地大聲說道：「知道了知道了，地址，地址嘛。」某個東京都內的地址說到一半，他又說了另一個地址：「還是寄到這邊吧。」和我住的地方在同一區。

「抱歉，郵遞區號妳自己查。那就麻煩妳啦。」電話單方面地被掛斷了。

我盯著發熱的手機看了一會兒，用力地拉開窗簾，耀眼的陽光刺痛了眼睛，可以看見房東太太那被五彩玫瑰淹沒的家庭花園。電話的那端有著淫慾的深夜氣息，讓時間感已經錯亂的我的身體感到有些混亂。

好久沒有曬太陽的房間極度髒亂，垃圾桶裡塞滿垃圾、衣服四處亂放、房間角落積滿灰塵。我慢慢站起身，去買履歷表之前，先把洗好的衣物晾到外頭吧。

我將前一晚選好的藏青色連身洋裝連著衣架一起拿下來，貼在下顎下方看著自己的身影。

這是參加短期大學同學婚禮時買的洋裝，樣式並不華麗，不過衣袖輕柔寬鬆，還可以在脖子旁繫上一個大大的蝴蝶結。明明是對蝴蝶結一見鍾情而買下，卻從來不曾像展示櫥窗中那樣綁出完美的蝴蝶結。蝴蝶結頹喪在很少整理而任意生長的頭髮下，我抓著它垂下的帶子一角，慢慢地拉鬆拆掉。

少了蝴蝶結的洋裝很樸素，但我覺得這樣更適合自己，而且去面試打扮得花枝招展也沒意義。我盯著鏡子裡那接近黑色、必須仔細看才看得出來的深濃藏青色洋裝布料。

在寄出履歷數天之後，半夜手機響了，心臟突地狂跳了一下，我盯著不認識的號碼看了一會兒。感覺就像身處於冰冷的惡夢之中，無盡的黑夜一直籠罩著我，而電話正是聯繫著我與位在黑夜深處那端某個人物的工具。

電話綿長地響著，我呼出一口氣接起。「晚安。」對方這麼說，是不認識的聲音。

「若宮，一香，小姐。」

對方宛如朗誦般念出我的名字，那是平穩、深沉的聲音，就像那件洋裝的藏青色一樣，聽起來幽暗，只帶有稀微色彩，低抑的嗓音。

「對，我是。」

一陣沉默，那是整個人要被吸入的寂靜。

「很美的名字呢。」

是嗎？我正這麼想著，「我拜讀過妳的履歷了。」藏青色的聲音這麼說。

接著對方緩緩說出為了面試，希望我親自到寄履歷時寫的收件地址一趟之類的話。因為語氣實在太過寂靜輕巧，在聽到下一個詞語時，前一個詞語便已從腦海中滑落。但我並沒有忘了他所說的話，他說的內容就像讓人懷念的風景般不可思議地留在心中。

決定好面試日期後，對方問道：「有沒有其他問題？」我到現在還不是很清楚工作內容，對一切充滿了疑問，但對方還沒有決定錄用我，東問西問他大概會覺得很困擾。

「那個，可以問一個問題嗎？」

「可以。」

「我想請教貴公司的名稱是？」

「公司名稱……」藏青色的聲音輕聲複誦，「啊啊，」他微微地笑出聲，不過，我感覺得到他並不是針對我而笑。

「我還沒有說呢。」

他的嗓音突然柔滑地發出一串音節，我只知道那是外語，是否該追問呢？煩惱過後我放棄了，去了就知道了吧。

道過謝，我等著對方掛斷電話，但感覺對方也在等我，所以我說了「再見」就切斷電話。手機拿開耳邊之後，我終於發現對方和前幾天接電話的那個急性子男子是不同人。

我在腦中反覆咀嚼那深沉的聲音，面試時我決定穿藏青色的洋裝去。

整理好要帶的東西，走下公寓的階梯，綠籬前又看到房東太太彎駝的背影，她毫不留情地剪斷、凹折長得太長的爬藤玫瑰的枝條。我擔心會遲到，於是避開眼神交會點了點頭。正要走過她身旁時，房東太太出聲叫住我：「妳今天打扮得很特別呢。」

我還在思考該怎麼回答才不會拖太久時，一枝鮮紅的玫瑰遞到了我眼前。

「妳還年輕，戴個耳環噴點香水，不然至少塗個口紅怎麼樣？拿著，給妳，早上剛開的。」

她似乎誤以為我是要去約會，強勢地將玫瑰推了過來。粗短的指甲縫間黑黑的。

「放心，這個品種刺很少。」

我輕輕捏著綠色的莖，植物清涼的溫度透過指尖傳了過來。「好漂亮啊。」我心口不一地說，內心絲毫沒有被打動。好紅，我是這麼想的。好耀眼，簡直要掐進眼裡的紅。但是，這就叫做漂亮嗎？我不懂。

房東太太一臉得意地目送我出門。走到看不見公寓的地方後，我用手帕將玫瑰的莖整個包起，小心地放進肩上的包包中。為了不要壓壞它，我讓包包的開口保持敞開。

搭上公車，途經有博物館和美術館等文化設施的區域，道路越來越寬闊。我在中途下車，走上斜坡，穿過針葉林後，到處都可以看見圍繞在綠籬內的大房子。這一帶位於小山丘上，有很多古老的建築，每一棟都大得與其說是房舍，以宅邸形容更適合。庭院也打理得很整齊，有種植了大花山茱萸、杜鵑花、木香花、金絲桃，立著壯觀藤架的和風庭園，各式各樣的花朵顏色躍進眼中。我雖然預想到了是在這一帶，不過手機的地圖顯示還要再往更上方。回頭看往來時路，已經可以眺望整個市街，也看到我住的地區就在右手邊，遠方隱約的淺灰色線條是大海吧。

出門時已經預留了充裕的時間，但是穿著不習慣的高跟鞋走在斜坡上，小腿發熱腫脹，與鞋子摩擦的地方也很痛。這附近看不到一間便利商店或咖啡廳。

無計可施之下，我繼續往前走，建築物開始稀少後，忽然就走進了樹蔭裡。道路兩旁聳立著必須仰望的大樹，種類參差不齊，遠方甚至有橫倒、枯朽的大樹；下方則長滿了灌木叢，有腐植土的味道，和剛才的人造林不同，即使在午間也潮溼幽暗。斜坡漸漸平緩，汗水慢慢退去，呼吸變得順暢。

在即將走出森林但又未完全脫離之處，出現了石砌門柱，上面掛著圓燈。我猶豫著是否誤闖了私人土地，但路確實只有一條。沒辦法，繼續前進後，道路往左彎，這次則是爬滿青苔的古老木門切過道路橫跨在眼前，比我還要高的大門正敞開著。

掛在木門上的白色郵箱懸垂在半空中。

——la senteur secrète

上面釘著一塊以非常工整的手寫字體寫就的木板，郵箱裡面是空的。

我確認手機，目的地標示在這裡，沒有其他類似招牌的東西。我寄出的履歷，曾默默地掉落在這個白色郵箱的底部嗎？

穿越大門，視野忽然開闊起來，鋪滿石磚的道路往前延伸，石磚四周經過修剪的樹木整齊排列。高跟鞋發出「叩、叩」的清脆聲響，道路延伸到路面鋪設完善的廣場，廣場另一邊是一座洋樓。

鮮奶油般的白牆配上巧克力咖啡的窗框，左右兩邊是三角形的屋頂；中間夾著玄關，有一扇圓拱形的左右開闔式大門；從正面看過去每一扇窗都細細長長，同樣是圓拱造型。這是一棟彷彿將繪本中出現的薑餅屋蓋得更莊重優雅一些的建築。

讓人忍不住想接近，明明是無生命的建築物，卻有著宛如巨大未知生物盤旋其中的壓迫感。公寓種植的爬藤玫瑰若攀爬在這樣的洋樓四周應該很適合，我暫時看入了神。

將肩背包重新背好，擦了擦額頭的汗，從中間穿過石板廣場，每走近一步，古典洋樓就越來越大。左側三角屋頂的下方做成凸窗樣式，屋頂有著鱗片般的花樣，大概是屋瓦吧。「城裡的小山丘上有一棟宅邸登記在某企業名下，是昭和時代初期興建的」，我忽然想起有這樣的傳聞。

紅色的光瞬間閃了一下，我抬頭看，玄關門上方鑲嵌著彩繪玻璃。在我踩上通往玄關前平臺的石梯時，大門被用力地打開。

一名長髮女性走出來，我反射性地避開，躲在石梯旁。玄關門發出了「砰」的關門聲。

她絲毫沒有察覺我的存在，跑下石梯後直直快步往大門方向走去。針一樣細長的高跟鞋、纖細的腰、穿著合身窄裙的臀部跟著「叩叩叩」的粗魯步伐左右擺動，散亂的髮絲如火焰般隨風搖蕩。

那名女性離開後，空氣中依然飄散著濃郁的香水味，令我止不住地打噴嚏。她也是來面試的人嗎？距離我約好的時間還很充裕，當我正在思考這是怎麼一回事時，洋樓後方發出物品移動的聲音。我壓抑住腳步聲，沿著壁面繞過去。

鋪著白色碎石的小徑圍著洋樓延伸到屋後，那裡日照充足，種植了許多草木。雖然也有花朵盛開，但與其說是庭院，感覺更像是菜園。

我思考著為什麼會有這樣的感覺，眺望著叢生的綠色植物們，發現幾乎都是香草類。它們和觀賞用的花朵不同，充滿了生命力，像是要盡可能擴張地盤似地欣欣向榮。在草木後方，有個脖子上圍著毛巾、戴著草帽的背影，一手抓著大袋子扛上肩，往遠方離去。

這時候，出現了「喀嗒」的清脆聲響，我看見一雙白皙的手打開洋樓側面的上下提拉窗。我背靠著牆面蹲下。

「喂，你在幹什麼？」

裡面傳來不高興的聲音。

「透氣。」沉靜的聲音回答，那是半夜打電話來的人的聲音。接著，一陣誇張的嘆氣聲蓋過。

「我告訴你，沒有女人是不噴香水的。」

「自然有地方會有這種人。」

「就是因為你這麼說，我才把傳單貼在會打扮的女性比較少出現的醫院和超市，結果呢？你一下說病人不行，一下說不想要更年期的女性。剛才那位小姐身上的香水已經不算濃了吧？還是其他什麼味道？化妝品？造型噴霧？沐浴乳？到底是什麼礙到你了?!」

情緒激昂的聲音越來越大聲，這個聲音我有印象，大概是一開始在電話中和我對談的男子。

「這一次不是我有問題，是你有問題。」

藏青色聲音的主人依然保持著冷靜。

「蛤？」

「剛才的女性和你的新女友噴一樣的香水，你和女朋友整夜待在一起對吧？你的鼻子已經習慣了，所以才會不在意那股強烈的味道，味道也是有耐受性的。」

一陣沉默籠罩。一會兒之後，傳來「嘖」的咂嘴聲。

「可惡，我都已經沖過澡了。是說她才不是我的女友。」

沒有回應。接著又一聲嘆息，男子喃喃念道。

「再繼續這樣面試，感覺有一天我們會被告性騷擾。」

笑聲。電話中克制的笑聲如今清晰可聞。

「這一點也不好笑，聽好了，接下來你絕對不准開口。」

地板發出軋吱聲，藏青色的聲音問道：「去抽菸？」

「我身上飄出尼古丁不足的味道了吧？」

面對這嘲諷的說法，藏青色的聲音答道：「下一位應徵者差不多要到了。」

我忽然回神，快步回到碎石路。抵達洋樓玄關前時，幾乎同一時刻，玄關門打開了，叼著香菸的男子走了出來。

男子從石梯上俯視著我，將單手拿著的打火機收回口袋。襯衫的衣領散漫地敞開。

「我來參加面試。」

一說完，男子便以意興闌珊的語氣道：「辛苦啦。」

走進玄關後，我立刻被帶往像是會客室的房間。

皮革沙發組加上焦糖色的家具、色澤沉穩的花草圖案壁紙；抬頭看看高挑的天花板，上面掛著水晶燈；裝潢厚重、有著時代感，但卻沒有陳舊的氣味。窗外照進來的柔和光線包覆了整個房間。

這是什麼味道呢？玄關門關上的瞬間，就圍繞著一股從未聞過的氣味。是清涼的香氣，但不只是清爽，似乎還混雜了細微植物苦澀的味道。

我在引導之下於沙發上坐定位後，看到上下提拉窗的其中一扇正開著，我想起了剛才在窗下聽到的對話。

以氣沖沖的腳步離開的女性究竟發生了什麼事？「性騷擾」這個詞，有一瞬間讓我想要推辭面試回家，但好奇心占了上風。

男子在我對面坐下，他一邊翻著我寄來的履歷表讓紙張發出聲響，一邊點了點頭：「我是新城。」不知道是因為沒有抽菸，還是單純只是習慣，他單腳的膝蓋微微地搖晃著。

「我看看，若宮……一香，一聲一？」

「一香，四聲一。」

上面明明標註了讀音，我心想。

「哦～二十五歲，很沉穩呢。」

「是嗎？」我看著名叫新城的男子，大概是快三十歲或三十出頭歲吧，看起來是個被叫叔叔會受傷的微妙年紀。

「之前在書店工作呀？感覺很有條理。嗯，沒有染頭髮，很好。啊，妳擅長做家事或烹飪嗎？」

還以為他在自言自語，沒想到卻冒出了個問句。烹飪一般不是都包含在家事裡嗎？我一邊想著一邊答道：「說不上是擅長，不過我一個人住，我想這些我都還可以。」

「嗯哼～那意思就是沒問題了。」他興致缺缺地晃著下巴。我感覺到有人從開著的房門走進來，新城的表情瞬間扭曲，接著連珠砲般往下說明。

「工作內容就是打掃這個家之類的雜務，類似家庭幫傭的感覺。只是有幾項條件……」

「單花（solifiore）。」

後方傳來聲音。「蛤？」新城的眉間擠出皺摺。聲音的主人站在桌旁，他的身影遮住了從窗外灑進來的陽光；白皙的手伸長，輕巧地抽走了新城拿著的履歷表。

「果然是一香小姐，單一香味的『單花』。我們會這麼稱呼以單一花朵的香氣為主軸製作的香水，不過一般是指單株的插花。」

短髮男子慢條斯理地說，用藏青色的聲音。他忽然將一隻手伸到我面前。

「妳的包包中有一朵血色天空吧，讓她吸點水吧。」

「血色天空？」

「是那種玫瑰的名字，鮮紅色的天空。這個季節的玫瑰非常顯眼呢。」

男子視線前方是我的包包，我照他說的將手伸進包包中，拿出包著玫瑰的手帕。將紅色玫瑰交給他後，男子看向新城。

「新城，你把這個拿到廚房修剪。」

「為什麼要我去？」

「面試由我來就好。」

「不行，你沒辦法吧。」

「她是我找來的人。」

「啊啊！」新城提高了音量，「那個說要郵寄的女人啊。」

在兩人你一言我一語之間，我思考著為什麼他知道這裡有玫瑰。是因為我的包包沒關嗎？不，旁人應該看不到才是，但是他卻連玫瑰的品種都知道。剛才在窗下聽見的對話記憶湧現，這名男子對味道很敏感嗎？然而這種紅色玫瑰只有著與鮮豔色澤不符的微弱香氣，連房東太太都覺得可惜。

一回神，新城正一手拿著玫瑰走出房外。

「對不起，我們家沒有花瓶。」

男子一邊在斜對面的位置坐下一邊說道，這麼氣派的家裡沒有花瓶讓我覺得很神奇。

「我不喜歡切花，花朵逐漸衰敗的味道讓我很介意。」

我不知道該回答什麼，就答了「這樣啊」。男子微微地笑了，他的年紀大概和新城一樣。幾近平頭的短髮顏色淺淡，有著貓毛般的柔和光澤，身上衣袖反摺的寬鬆白色立領襯衫讓我想到白袍。

「我是小川朔。」

我們四目相對。他的眼神很迷離，看起來帶了些微的灰色，像是在看著我卻又像沒在看，而是看著其他地方，是給我某種懷念氣氛的一雙眼睛。我趕緊移開視線低下頭。

自稱小川朔的男子從胸前口袋中拿出銀框眼鏡，視線落在履歷表上。是因為眼睛不好呀，我莫名地理解了，所以才出現那樣的表情嗎？

不過男子只是把眼鏡拿在手上，他忽然抬起頭。

「妳有一陣子沒有運動身體了吧？」

啊，我突然想到，履歷表顯示我一直工作到最近。我稍微思考一下，誠實地回答：「對。」

「我是在三個月前離職的，但在離職前半年就開始請假。」

「這段期間一直待在家裡嗎？」

他的語氣不像是責備，依然是不變的深沉冷靜的聲音。

「對，一直待在家裡。」

某一天開始，我突然就無法去工作了。一開始是下不了床，就算起床了，洗漱換裝也變得要花很長時間，我連刷牙都刷不好。沒有發燒，也不是身體哪裡痛，就只是，動不了。用完了各種請假理由後，只能在電話裡道歉「我沒辦法去上班」，光是打那通電話，就耗費了我大量體力。店長好心地讓我留職停薪，但我滿懷歉疚還是送出了辭呈。只是做這件事，就花了我半年的時間。

我本來是想這麼說明的，但短髮男子一句話也沒有問。無語的沉默，讓我忽然在意起來。

「請問……」

「是。」

「我是不是哪裡很奇怪，像是說話方式，或是表情等等。」

男子微微地偏了偏頭，依然是讓人摸不清他看向何處的眼神。

「為什麼你會知道我一直關在家中呢？」

「我其實並不知道。」

我瞄了一眼門口的方向，過了幾秒後，像是新城的腳步聲逐漸接近。

「妳從斜坡走上來的時候有流汗對吧？汗水裡散發出很久沒有運動身體的人特有的氣味。一般來說每個人的體味都不一樣，但還是會因為疾病、年齡、生活習慣等讓尿液和汗水中出現獨特的氣味。」

我忍不住抓著洋裝的衣領聞了聞。這麼一說，我感覺似乎的確和十幾歲時的汗水味道不同，總覺得有一種類似醬油的沉重感。

「是老人味嗎？」

「那是一種叫『2-壬烯醛』的物質，據說像是古書或蠟的味道，是一種透過收集許多人穿過的襯衫，以氣相層析法分析後發現的物質。是由妳使用的粉餅製造商發現的，那是我的前公司。」

男子一句接一句地說。

「妳的汗水中混合的氣味尚未被命名，大概是因為幾乎沒有人察覺吧。很不可思議吧，明明存在，但只要沒有名字，就是不存在。妳不用擔心，只要過著健康的生活，那種汗水的氣味就會消失。」

「請問，你怎麼知道我用的粉餅廠牌……」

「只要聞味道就知道了，不論是唇膏、化妝水或洗髮精的品牌，我全部都知道。擦在有體溫的生物皮膚上的物質怎麼樣都會散發出味道，不管什麼物質都一樣。」

我聽見了大大的嘆息聲，一回頭，新城靠在牆壁上。短髮男子絲毫不在意地繼續說道。

「妳沒有說謊，在這裡工作的其中一個條件就是不能說謊。」

「不，應該是沒望了吧，她看起來已經受到驚嚇了。」

新城用不耐煩的聲音說。

男子只是看著我微笑，一副他連我感受到的東西都聞得出來的表情。

「請問你從事哪方面的工作？」

「我是調香師。」

「工作內容是製作香水嗎？」

「那也是其中一項。」男子終於戴上了一直拿著的眼鏡，不過他不再說話，身體靠在了沙發椅背上。

「不對吧。」新城抓了抓頭。

「是在調製香氣。」

他對著我，吼叫般地說。

「如果要製作、販賣香水或化妝品等接觸皮膚的產品，就必須向主管機關提出申請，所以我們做的只是香氣而已。」

「那是……」

「意思是要怎麼使用這些香氣是客戶的自由，這裡只為明白這項原則的人開放。」

新城大步走來，坐在男子隔壁。有一股菸臭味，這連我都聞得出來，不過短髮男子沒有針對這股臭味說什麼，他抬起下巴盯著天花板角落。不，也許他根本沒在看任何東西。

「這裡製作的是特殊的香氣，而他是很特別的人。不知道是幸還是不幸，他連還沒被發現的物質都聞得出來，並且能夠重現。簡單來說，就是天才。」

「這是，不幸嗎？」

我忍不住開口問，男子的眼珠微微地動了一下。

「誰知道呢？」新城看向男子，然後移開視線，「總之，可以賺錢。」他發出乾啞的笑聲。

「那是變態吧！」

皋月端著的玻璃杯敲在家庭餐廳的桌上。

「他的鼻子似乎很靈敏呢。」

我瞄了一下四周，坐在附近的都是女高中生或是情侶，每個人都專注在自己的對話中。雖然我以不負責任的方式辭掉了工作，但皋月還是很照顧我。

「可是說什麼體味，這是性騷擾了吧？」

「但他沒有碰到我。」

「言語騷擾也是性騷擾，聞別人的味道也是一種騷擾吧？那個叫什麼……臭味騷擾？」

「臭味騷擾是散發臭味的人才是加害人，那就是我了。」

「妳才不臭！」

就在皋月又大聲嚷嚷時，她的蘿蔔泥漢堡排定食送上來了。書店店員有很多體力活，而且整天都站著，因此經常飢腸轆轆。皋月暫時專注於她的大碗白飯以及滿溢著肉汁的漢堡排中，我則用湯匙前端一點一點戳開雞肉焗烤的起司然後送入嘴中。我每次都選擇不管吃到盤中哪個角落味道都一樣的餐點。

我一邊吃，一邊看著放在桌邊的紅玫瑰，以茶色薄紙仔細包裝，纏繞著巧克力色的細緞帶，緞帶的顏色讓我想起那棟優雅的洋樓。

「而且也有一種故意要惹我生氣的感覺。」

說完之後，我才察覺與其說是惹我生氣，更像是要嚇嚇我。那名叫小川朔的男性，有時候像是在觀察我的反應。

喝著味噌湯的皋月激烈地搖頭。

「不，那完全就是變態。因為從沐浴乳到化妝水到護手霜，他都要求妳用指定的產品不是嗎？」

我點點頭。要在那棟洋樓工作還有其他條件，就是工作期間無論是洗身體、頭髮、衣服的清潔劑，還是擦在肌膚上的用品，全部都要使用小川朔先生調製的產品。原則上禁止塗指甲油和染髮，服裝不能太暴露。還有對方希望我月經來潮時請假，但這實在無法向皐月說出口，感覺說了以後她會報警。

「我知道了，他騙說要雇用妳，其實是打算強迫妳買他們公司的產品，搞不好是詐騙。」

「不是，產品是免費的。」

對方說若打算接受這份工作，三天後去拿產品。

「還有，雖然是領日薪，但薪水很好。」

「這樣不是更可疑了嗎！」

皐月的口中噴出飯粒。確實如她所說，是容易令人起疑的工作，而且對方還提到了類似沒有提出申請之類的內容。地下調香師？有這種說法嗎？也許像皐月這樣的反應才是正常的。

可是有件事我很在意，要離開的時候，小川朔先生用名叫新城的男子聽不見的音量，輕聲問我。

——妳喜歡那座園子嗎？

他邊說，邊將紅玫瑰遞給我，我在碰到玫瑰上繫著的緞帶同時，回答道：「喜歡。」這個人，知道我在窗外偷聽，這也是透過氣味察覺的嗎？如果他的嗅覺如此優秀，那該會是活在什麼樣的世界裡呢？

在我陷入思考時，皐月小心翼翼地看了看我。「一香，」她放下筷子，「妳不需要在那麼奇怪的地方工作，回來我們書店不就好了？萬一對方是獵奇殺人魔怎麼辦？」

「怎麼會。」我笑了，「我覺得他不是壞人。」

「但他是變態吧？變態雖然沒有壞人的那股惡意，但本質更糟糕。妳這個人什麼事都往肚子裡吞，一味地忍耐，那麼不尋常的人一定會帶給妳壓力。」

她的表情很認真地在擔心我，原來皐月認為我是因為工作壓力而沒辦法再去上班呀。即使是這麼為我著想的人，我也沒有說出辭職真正的原因，這讓我產生了罪惡感。但，我還是不能說出口，感覺一說出口我就無法再保有自我了。

「對不起。」

我又勉強擠出笑容了。不能說謊，雖然被這麼交代，不過我的表情滿是謊言，我一定也不是什麼普通人。

「要吃甜點嗎？」我遞出菜單。

「草莓布蕾百匯！」

皐月以一種幾乎要站起身的氣勢大喊後，將剩下的白飯配著醃漬菜扒進口中，然後低聲道：「要是發生什麼事一定要馬上告訴我。」

店內白晃晃的照明太刺眼，我眨了好幾次眼之後，才說出「謝謝」這句不成回答的回答。

三天後，我走上斜坡。

暫時不要搭乘大眾運輸工具去工作也是條件之一。天氣晴朗，梅雨季即將來臨，新聞卻說氣溫會接近盛夏時分。我邊走邊擦著太陽穴上流下的汗，不知道能不能也給我止汗噴霧呢？

走進森林後，氣溫咻地下降，我喝了寶特瓶裡的水，收起陽傘，拿下圍在脖子上的毛巾，聞了聞溼掉部分的味道，但只感受到纖維類似塵埃的氣味。等到呼吸平順之後，我再次往前走，走過石砌門柱，輕輕推開今日關著的木門進入。

石板路與路樹的另一端是洋樓，面試那天發生的事感覺太不真實了，我本來還覺得下次去了以後整座宅邸都會消失，不過洋樓散發出厚重的氣息，好端端地存在於此。

走上石梯，我按下門鈴。沒有回應，我把耳朵貼在巧克力色的門上聆聽，聽見了裡面響起若有似無的鈴聲。我暫時坐在石梯上等待，可是氣溫越來越熱，於是我繞到園子裡去。

香草們根部的土是溼的，大概是一大早澆水，在太陽的照射下有些地方已經半乾了。蒸發的水分飄飄裊裊，感覺視線扭曲了起來。走到園子後方，出現了沙啞的聲音：「他不在。」

是一名穿著整齊連身工作服加上橡膠長靴，脖子上圍著汗巾，頭上戴著寬帽簷草帽的老人。還只是五月，就已經曬得相當黝黑。

「您是這戶人家的人嗎？」

「當家的不在。」

態度很冷淡。他用髒汙的棉布手套抓著推車，打算回去工作。

「我在這裡工作。」

「妳嗎？」

老人瞇起眼從草帽後方看著我。

「還不錯，終於找到了嗎？」

他的表情漸漸柔和起來，放下手推車，拿下草帽，光滑的頭上有著像是撒了芝麻鹽一樣的青髭。

「我是源次郎，這座園子由我管理，叫我源叔就好。」

「我是若宮一香。還請您多指教。」

源叔一副「想問什麼儘管問」的樣子，挺起了胸膛。

「這裡是菜園嗎？」

「這個嘛，也可以這麼說吧。那邊是香草植物，這一帶是藥用植物。」
「那些芍藥也是嗎？」
源叔身旁有一片白色的芍藥叢，盛開著許多幾乎有如兒童臉龐大小的花朵。
「嗯，是呀。小姑娘，妳知道『生藥』嗎？」
「是指中藥嗎？」
「沒錯，天然植物乾燥後直接使用作為藥物，而芍藥的根可以做成藥。妳想，感冒的時候不是會喝葛根湯嗎？裡面就有芍藥的根。這裡原本是製藥公司持有的房舍。」
「雖然我也不是很清楚詳細狀況。」源叔邊這麼說著，邊戴上草帽。
「源叔……您住在這裡嗎？」
「沒有沒有。」源叔聳聳肩搖頭。
「住在這麼大的家裡哪靜得下來，朔少爺一個人住。啊，對了對了，朔少爺的話去植物園看玫瑰了，應該很快就會回來。」
「玫瑰嗎？」
我想起來名為血色天空的玫瑰。和房東太太確認之後，名字是正確的。
「嗯，是呀，畢竟五月是玫瑰的季節。其實朔少爺應該很想去摩洛哥或法國的玫瑰節吧，但長途旅行對他來說太辛苦了，他是個很難搞的人喔。」

「意思是他很纖細嗎？」

「說好聽一點是這樣，但並不是指他很脆弱。怎麼說呢，這是因為他能感受的比常人還要多的關係吧。真虧妳願意接下這份工作，妳應該被問了很多奇怪的問題吧？」

「是，不過感覺就像身在童話中一樣。」

「哦？」源叔露出滑稽的表情。

「〈要求很多的餐廳〉的故事。」

「內容是什麼來著？是那個山貓為了吃掉獵人而不斷提出要求的故事嗎？」

「對，像是要求獵人抹上奶油，或是解開金屬配件等等。『還請諒解。』山貓很有禮貌地這麼說，卻一再提出要求，您不覺得這座宅邸就像深山裡的餐廳嗎？」

「這個好。」

源叔豪邁地笑了，然後突然一臉正經。

「雖然不會真的把妳給吃了，不過搞不好也差不多……朔少爺或許比較接近野獸。」

「野獸……嗎？」

「嗯。」源叔看著整片園子，貝殼般的蝴蝶輕飄飄跳著舞似地飛來飛去。

「他一次也沒有出錯過。」

源叔輕輕地摸著身旁的芍藥葉子。

「花呀，總是在不知不覺間就開了，就算待在園子裡的時間比任何人都長，也很難看到花開的瞬間。不論再怎麼用心照顧，也不會知道她們何時要開花，植物就是如此無法掌控的生物。不過只要朔少爺來到園子，就一定是有某處的花開了，朔少爺不會弄錯，他會筆直地前往花開的地方，簡直就像受到花的召喚一樣。」

像是忽然想起般，老人眼裡閃爍著某種光芒。那是崇敬嗎？還是畏懼？總之可以確定的是他知道那是自己無法觸及的東西。

「我也不是很懂，不過人們稱看不見月亮的夜晚為朔月或新月吧？」

我含糊地點頭。

「在那種陰暗無光的黑夜中，朔少爺也看得見花開吧。」

「看得見。」

「用鼻子看。」

源叔用棉布手套指著自己曬黑的鷹鉤鼻。

「搞不好連月亮都看得見。」

說完之後，似乎對自己太多話感到害羞，臉皺成一團笑了起來。

那是因為我們看這個世界的方式不一樣。

感覺彷彿聽見了這樣的聲音，那不是源叔的聲音，而是不知為何讓人懷念的人的聲音在腦中響起。

我看著陽光普照的園子，奮力往太陽伸展的水潤綠色、嫩綠色中的白、黃、紫、橘、粉、淺桃紅、藍……百花豔麗的色澤跳入眼中。好刺眼。

若可以用香氣感受這個由色彩構築的世界，那會是絢爛華麗，抑或是一團混沌？我想像著，然後感到微微暈眩。

2

Floral Note

閉上的眼簾深處聽見了雨聲。

我不討厭夜晚下起的雨，因為可以消除隔壁房間傳來的隱約氣息。一整晚，白晃晃的燈光從門縫間流洩。像夜行性小動物般急躁的動作聲，以及，敲打鍵盤的聲音。喀嗒喀嗒喀嗒。執著，且給人一種得意感的聲音無止境地響著。

我忍耐著想捶擊牆壁的衝動，因為那些聲音是哥哥還活著的唯一證明，所以不能制止。我總是這麼想著，塞住耳朵勸自己入睡，雨聲則會以水的薄膜覆蓋隱藏這樣的夜晚。

但是，我在睡意中發現，隔壁的房間並沒有傳來任何聲響。

牆壁的另一側只有水滴落下的聲音，再過去則是空無一物的幽暗。已經不在了，哥哥已經不在世上任何角落了。

悄無聲息地，兩條細長的影子迅速向這邊伸長。

我赫然張開眼，黑暗中，隱隱約約可以看見白色的天花板。心臟怦咚怦咚地跳著。

心跳慢慢和緩，我意識到這是自己的房間，是我一個人獨居的公寓，不是那個家。房內如水槽深處般安靜。

我坐起身，耳朵輕輕貼在牆上。因為是邊間，與床相鄰的牆壁另一側什麼都沒有，只有涼爽的壁紙觸感，以及聽起來遙遠的雨聲。

即使做了這樣的夢，我也不知道自己是放心了，還是覺得恐懼。沒有寂寞或悲傷的感受出現，讓我的指尖越來越冰冷。

深呼吸，看了看手機的時間，正處於深夜與清晨中間的時段，必須再多睡一下。

——睡眠要充足，即使睡不著，也要將房間弄暗閉上眼睛。

新的雇主這麼說，用藏青色的嗓音。

我將頭重新安放在枕頭的凹陷處，用起了毛球的被子包住自己。閉上眼睛，緩緩地吸氣、吐氣。

若有帶著聲音的夢，是否也有帶著氣味的夢呢？

我思考著這樣的事，然後落入睡意中，不再繼續做夢。

走上斜坡，每一天都上氣不接下氣。

胸前抱著的袋子裡飄出剛烤好的麵包香氣，單手提著沉甸甸的高級超市紙袋，兩樣都是朔少爺指定的店家。不論是去個人經營的麵包店拿預訂好的吐司，或是走進不用塑膠袋，而是用厚實紙袋裝商品的超市，都是久違的經驗。這讓我察覺到我一直沒有好好挑選放入口中的食物，而是只以手邊有的東西湊合著果腹。

昨夜的雨在道路上裊裊蒸發，就像浴池般溼熱，背包悶住的背後汗溼了一片，我邊走邊以繡球花的色彩讓眼睛降溫。

穿過樹叢，迅速橫越高級住宅區，進入森林中，遲鈍的振翅聲掠過耳邊。

從掛在生苔木門上的郵箱中取出包裹，穿越木門，在石板上踏出叩叩聲，往洋樓前進。每當看到那莊嚴的建築身影，總是讓我抬頭挺胸。

我踩著石梯站在玄關門前，朔少爺有給我鑰匙，但門經常是開著的。我推開拱形的沉重門扉，肩膀滑進大門開啟的縫隙間，勉強不用放下手中的物品就進到屋內，我走過擦得潔淨光滑的走廊迅速往裡面的廚房前進。

從代替收納櫃的細長收納棚架上拿出棉製襯衫長洋裝及圍裙，走向洗手間，用繞在脖子上的毛巾擦乾全身的汗，換上洋裝及圍裙，重新綁好頭髮。我聞了聞脫下的衣服汗溼的地方，但還是不明白有什麼味道，但光只是穿上朔少爺提供的襯衫長洋裝，感覺就像風吹過一般涼爽，或許是充滿這個家中的香味的關係。

與廚房相鄰的寬敞空間裡有一張原木製的大餐桌，這間房間的窗戶面對著源叔整理的園子，只要拉開窗簾，就會洋溢充足的陽光及鮮翠的綠意。餐桌上放著朔少爺留下的訊息，說是訊息，其實是食譜菜單。今天早上是「草莓薄荷湯」，朔少爺的字如髮絲般纖細，最後還寫上了「水煮蛋」。

我從廚房的後門走到外面，叫住早早開始工作的源叔。

「早安。」

「早安，小姑娘。今天要什麼？」

曬黑的臉轉向我，看見源叔的笑臉，知道自己的聲音有好好傳達給他人，讓我安下心來。

「薄荷，謝謝。」

「哪一種薄荷？胡椒薄荷？綠薄荷？還有日本薄荷和蘋果薄荷喔。」

「要和草莓一起煮。」

「甜的嗎？那就是綠薄荷了。那邊淺綠色，鋸齒狀葉子的就是了。」

我撥開植物叢，往源叔所指的方向走去。地面很柔軟，我蹲在茂盛叢生的薄荷旁，摘下充滿彈性的嫩葉，清涼感與若有似無的甜香味飄了上來。我還採了檸檬香蜂草，向源叔道謝後回到廚房。

我將剛買回來的草莓和現摘的香草一起清洗，把裝滿水的鍋子架在瓦斯爐上。開火，用筷子旋轉白煮蛋，直到鍋底冒出斷斷續續的氣泡。在玻璃水瓶中裝滿水和冰塊，放入切薄片的檸檬與檸檬香蜂草，和玻璃杯一起送到餐桌上。

摘下草莓的蒂頭，按照食譜所寫的那樣，和砂糖及水一起加進牛奶鍋裡，煮到發出咕嘟咕嘟聲後，將一半的草莓輕輕壓碎，再倒入一些白酒。在草莓的顏色融進液體時加進些許檸檬汁，瞬間更添汁液的光澤，如寶石般透明的紅。我切碎薄荷葉加入，在冒出泡沫渣之前關火。

「嗯，時間剛剛好。」

背後傳來聲音，我已經不再被嚇到了，在按照指示製作的料理即將完成之際，朔少爺就會像貓一樣無聲無息地從二樓下來。他穿著平日常穿的寬鬆白色長襯衫。

「暫時靜置讓香氣更融合。」他一手拿著玻璃杯，然後在牛奶鍋上蓋上蓋子，「這叫做浸泡入味。」

我拿出麵包刀將吐司切片，比起山形吐司，他似乎更喜歡方形吐司。朔少爺兩片薄片，我則是厚片一片，用烤網烤到剛好上色後端到餐桌上。我們面對面坐著，享用簡單的早餐。

朔少爺以指尖撕開吐司，浸在紅色的草莓湯中。薄荷葉已經萎縮發黑了，我用湯匙舀起褪了色的草莓送入口中，種子在牙齒間擠壓破碎，熱呼呼的塊狀物體滑入喉中。

「比起濃縮的果醬，我更喜歡這種湯，趁熱的時候把麵包浸在裡面。」

「還留有草莓的酸味呢。」

沒錯，朔少爺像在這麼說似地點頭。雖然加入了如小山般的砂糖卻很清爽，薄荷和白酒的香氣很俐落。我忽然想起了平常吃的甜麵包那種揮之不去的甜味，那裡面究竟加了多少糖？

叩，一聲輕快的音響。朔少爺手中拿著白煮蛋，雙手包覆著水煮蛋揉捏，連著薄膜剝開帶有細微裂痕的蛋殼。我盯著他白皙修長的指尖，他微微歪了歪頭。

「用綠薄荷是對的嗎？」

我邊問，邊將白煮蛋敲在桌緣上，我沒能掌握好力道，蛋殼遲遲敲不開，敲了兩、三次。和朔少爺優雅的舉止完全不同，只有我一個人顯得手忙腳亂。

朔少爺絲毫不在意，慢慢地點了點頭，白煮蛋的頂端消失在朔少爺的口中。薄唇。渺無聲息吃飯的樣子讓我想起哥哥。不，我幾乎沒看過他吃飯的樣子，我看到的只有放在走廊上的空餐盤，容貌也全無相像之處，但只要看著朔少爺，有時候哥哥的身影就會掠過我的腦海。

「胡椒薄荷和綠薄荷有什麼不同？」

我問道，朔少爺在吞下口中食物後才回應。

「成分完全不一樣。綠薄荷的芳香成分有香芹酮和微量檸檬烯，檸檬烯是柑橘類的皮裡帶有的成分；相對地，胡椒薄荷的主成分是薄荷醇。妳應該有聽過薄荷醇這個詞吧？」

我正想回答，朔少爺輕輕地閉上了嘴，又出現了什麼也沒在看的迷離眼神。

接著，他浮現出微笑，「來得正好呢。」

幾分鐘後，車子的引擎聲接近，感覺停在了洋樓的正前方，然後玄關門被粗魯地打開。咚咚咚，腳跟敲擊在地上的腳步聲讓我察覺是新城。

「正在優雅地吃早餐啊。」

新城走進我們所在的房間，合身的黑襯衫配上尖頭皮鞋，這是皋月可能會皺起眉頭說「好可疑」的打扮。他拉開椅子發出聲響，將懸吊在一隻手上的夾克掛上椅背，坐在朔少爺身旁。菸臭味讓我不禁皺起臉。

「早安，新城。我給你的口臭噴霧你有帶嗎？」

新城的臉垮了下來，朔少爺動作迅速地將手伸進新城夾克的內側口袋，拿出透明的噴霧罐，朝天花板噴了一下，接著一陣香氣撲鼻。

「啊，是牙膏的味道……還有護唇膏。」

「對，沒錯。這就是薄荷醇，用於清涼醒腦、止癢或止咳。即使都是薄荷也不一樣對吧。」

我舀了一匙草莓湯，雖然清爽但香氣中還帶著甜味。

「不一樣呢。」

「喂，搞什麼。什麼口臭噴霧，你平常不是都說口腔噴霧的嗎？」

新城的表情一臉憤慨，從朔少爺手中搶過噴霧瓶。

「而且你這個人怎麼可能只用薄荷醇一種成分製作。」

「當然，我配合你的口臭加入了許多成分。」

朔少爺站起身，拿起包裹，「委託的東西做好了。」說完就離開了房間，柔和的腳步聲一階一階拾級而上。朔少爺的工作室和寢室在二樓，我還沒有去過。

「他的心情莫名地好呢。」

新城小聲地自言自語，「以前都會因為梅雨而變得神經質，今天不會再下雨了嗎？」他蹺起二郎腿，解開衣領處的鈕扣，我依然沉默地咬著吐司。當我盯著新城搖來晃去的鞋尖時，他突然向我搭話：「喂，我說妳。」他不記得我的名字嗎？很明顯地，新城不喜歡我。面試的時候也是，直到最後他都還執著於我不會用電腦這件事，但實際上開始工作之後都是在做家事，根本完全不需要碰電腦。

「妳可別喜歡上朔。」

「為什麼？」

「妳會被辭退喔。」

我覺得好像是第一次從正面看著新城的臉，深邃的雙眼皮加上淺褐色的肌膚，以及不修邊幅的濃密鬍鬚。他試探似地看著我。

「別擔心。」

「哦～」他勾起了嘴角。這是他的習慣嗎？

「因為我不是很明白戀愛的感覺之類的。」

「嗯哼，不過性慾倒是有吧？」

他以輕浮的態度這麼說，抓著他那看起來很粗硬的黑髮。該指責這是性騷擾嗎？如果是皋月應該會抓狂吧。我遲遲不回答，之後他便移開了視線。

「不管怎樣，別把他當成男人看待。要再找人很麻煩的。」

丟下這句話，他用鼻子哼了哼，「今天是薄荷啊。」朔少爺會在早餐中使用菜園的香草，看來這是在我來之前就有的習慣。

「要來一份嗎？」

「甜食就不用了。」

「晚上烤羊肉給你，和薄荷很搭。」

不知何時走回來的朔少爺在椅子上坐下。「你從小時候就是螞蟻人了。」新城回嘴道。我傍晚就會離開洋樓，因此不曾共進晚餐。

朔少爺遞給新城一個紙包。在這裡工作近兩個星期了，我還不是很清楚朔少爺的工作內容，只知道新城是工作的聯絡窗口。包裹的寄件人欄位出現過個人姓名、研究機構、龍頭企業、高級飯店、星級餐廳、大學等各式各樣領域，有時候還會寫著看不懂的外國文字。

「老師，」我半站起身問道，「要再一片吐司嗎？」

朔少爺吃到一半的吐司已經被新城咬在嘴裡了，這也是原因之一，總覺得我還是迴避一下會比較好。

「謝謝。」朔少爺一說完，新城同時爆笑出聲：「什麼啊，你叫她叫你老師嗎？」

「我說的是『隨便怎麼叫我都可以』。」

朔少爺以平靜的聲音糾正新城。我拍掉洋裝上的麵包屑，匆忙走向廚房，雖然知道自己這樣很沒家教，但反正之後打掃的人也是我。「我也要吐司，還有培根蛋。」背後傳來新城的聲音。我在廚房穿上圍裙往後看，他們兩人已經一臉嚴肅地談論了起來。

我迅速加熱平底鍋，從冰箱裡拿出培根和蛋。新城是個急性子。

果然不出所料，當我端著盤子過去時，談話已經結束了。新城在吐司裡夾著培根蛋，單手拿著往嘴裡塞，用手指沾起滴落的蛋黃，然後站起身。

「那四點就拜託你囉，是位美麗的未亡人，敬請期待。」

他露出下流的笑容離開。朔少爺舉起一隻手並點點頭，接著在剛烤好的吐司上塗奶油，發出細微的聲響，再於上方倒滿壓碎的草莓。

「今天麻煩妳幫家具打蠟。還有，四點有客人來訪，可以請妳倒茶嗎？」

「好。」我回答。當朔少爺突然客氣多禮地說話時，代表他的意識已經不在這裡了，我至少已經明白了這一點。

不只是提供給我的洗髮精、化妝水和保濕乳霜，在洋樓裡使用的碗盤清潔劑、洗手的香皂還有衣物清潔劑，所有具香味的消耗品全部都是朔少爺親手製作。這些東西收在廚房內側的儲藏室，裝在樸素的容器裡貼著簡單的標籤紙。幾乎都是無色或乳白色，有液體也有固體；香味各不相同，但大部分皆是微苦的植物香氣。

我在洋樓工作並開始製作早餐以後，才發現這些香味和園子裡的植物們一樣。每次摘下朝露濡溼的飽滿香草，就會飄散出香氣，彷彿拼圖一片一片拼起般，我一點一點明白哪些產品中用了哪樣植物的香味。當然也有我完全摸不著頭緒的氣味。

打亮家具的蠟整齊地收在儲藏室中，朔少爺說明這是用蜜蠟、具防蟲效果的香草浸泡油及亞麻仁油製作，適合蚊蟲逐漸增加的梅雨季使用。

打開銀色的罐子後，我的腦海中瞬間染上了紫色，是比繡球花更鮮豔的紫。

啊，想起來了，這個味道我知道。小時候全家曾一起搭過飛機，我們一起去了早已忘記長相的爸爸的老家。乾燥的空氣、開闊的大地、散發出香氣的紫色與綠色的地毯。不過爸爸這個詞，在我心中是毫無意義也不帶情感的空洞之物，唯有單純的記憶逐漸化為影像復甦。

我移動著手進行動作，充滿巧思的樓梯扶手、年代久遠的餐具棚架及桌子、房子附帶的壁櫥、採光窗……打磨之後木材就會重新散發深邃的光澤，而我手中的擦拭布則會變髒。為了不被回憶吞噬，我一心一意專注在打蠟上。

擦完會客室的窗框，從折疊梯下來後，一道深沉的聲音說：「真用心呢。」藏青色的平穩嗓音讓紫色的香氣遠去，朔少爺坐在沙發上，彷彿帶著睡意的表情包覆在窗外灑進來的柔和光線中，他真的就像一隻貓。

他是什麼時候來的呢？一定是為了不嚇到我，所以我站在折疊梯上的時候他才不出聲。

「差不多該吃午飯了。」

我看了看古老的時鐘，已經過了正午。那座鐘是木製的，必須幫它打蠟，不過裝飾很細緻，看來要花不少時間。

「不需要在今天做完全部。」朔少爺像是看穿我的心思般笑了，「慢慢來就好。」時間還有很多，我彷彿聽見了這句看不見的話。在這棟寂靜的洋樓中，時間流逝得極為緩慢。

「請問……這是什麼香味？」

聽見我這麼問，朔少爺環顧了房間一圈，簡直就像他看得見氣味一樣。

「主軸是薰衣草。因為它們不喜愛高溫多溼的環境，所以這裡並沒有種植。」帶著灰色的眼珠凝視著我，說：「妳在哪裡聞過嗎？」

「我一直到剛剛才想起來，以前……我大概去過富良野。」

腦中閃現牽著的小手以及手汗溼的觸感。「不過，那是很久以前了，應該是我還非常小的時候。」我補充。為什麼突然想起來，我自己也覺得很不可思議。
「那是因為，」朔少爺瞇起眼。
「香味會直接傳送到大腦的海馬迴，被永遠記憶下來。」
「永遠？」
朔少爺點頭，他似乎認為這是一個很恢弘的詞彙，而我之所以沒有感覺，是因為我不懂這個詞的涵意。
「曾有人聞了廣藿香的精油後，回想起小時候抓獨角仙的記憶，不過對方一直認為自己討厭蟲子。」
「廣藿香？」
「那是帶有潮溼土壤或墨水香氣的植物，在這種雨季裡採摘的品質很好。」
他這麼一說，讓我知道了有些味道可以在腦海中想像，有些味道則不能。
「老師你說的『永遠』，意思是只要生命還存在的永遠嗎？」
「這個嘛，是指在妳所認知的世界終結之前，吧？就這層意義來說，每個人都擁有永遠，但卻很難察覺，直到再次遇見等同於記憶抽屜的香氣為止。」
不知為何朔少爺帶點寂寞地笑了，「妳不想遇見這個香氣嗎？」他從沙發上起身。
「我不知道。」我老實回答，「我也不是很明白，因為就算知道有那樣的過去，也無法連結到現在。」

「似乎是這樣呢。」

朔少爺橫越房間，收起折疊梯，「我拿去還給源叔。」然後往門口走去。我看著他的背影，在心中咀嚼著「永遠」這個詞。

蓋緊蠟膏的蓋子，讓屋內的空氣流通，過幾天之後，我又會失去這股香味了吧？記憶會再次被收進深處。但是朔少爺不一樣，他必定能夠隨心所欲地開啟記憶抽屜，並鉅細靡遺地看著這些記憶。正因如此，他才會明白永遠。

午餐是香草沙拉，以及用源叔在後山採摘的野菇所製作的燉飯，我們邀請源叔，三人一起用餐。本以為源叔會比較喜歡和食，沒想到他以熟練的動作使用叉子。用餐期間，他們兩人一直在談論園子裡的植物。

下午我都在幫忙源叔那邊的工作，如新城預測的一樣沒有下雨。

「朔少爺的身體反應比電視的天氣預報還準。」源叔這麼說。

四點整門鈴響了，我小心走過剛打好蠟的走廊，不讓自己滑倒，然後打開玄關門。

聽說是未亡人，因此我預設是位有年紀的女士，不過站在玄關的是一位看起來不到三十歲的漂亮女性。她穿著淡藍色的無袖洋裝，肩上披著薄外套；仔細燙捲的頭髮，加上經過計算不會太過華麗的妝容；指甲也由專業人士修整過，這些都一目了然。她微幅鞠了個躬，以甜美細微的聲音說：「我是藤崎。」

「恭候大駕。」我只這麼回應，接著帶她到我接受面試的會客室。她雙膝併攏坐在沙發上之後，會客室內呈現出一種不知是老牌飯店的休息區還是茶藝沙龍的風貌。

我端上紅茶正想離開時，朔少爺輕輕舉起一隻手，這是他希望我留下的暗號。我將托盤夾在身側，腳跟併攏站在牆邊，可以清楚看見該名女性從小腿到腳踝的曲線，是很平滑的肌膚。

「我是小川。」朔少爺以眼神打招呼，自稱藤崎的女性露出燦爛的笑容，「我從新城先生那裡聽過您的事蹟。」

「您是高級訂製調香的調香師對吧？聽說還幫名媛們製作香水。」

她眼中閃爍著光輝，同時列舉出全球知名的音樂家名號。朔少爺不否定也不肯定，只是微笑著。

「還有，我聽說您可以調製任何香味。」

「只要不拘泥於芳香原料的種類，就可以。」

「您的意思是？」

藤崎小姐露出擔憂的表情。

「天然芳香原料大約只有六百種，而且價格高昂，其中許多是難以入手的珍品，近年來還有過敏源的問題。不過合成芳香原料目前有三千種以上，只要利用最先進的分析儀器，理論上無論什麼氣味都有可能重現。」

「那麼，什麼味道都能製作囉？」

藤崎小姐再次露出笑容，她以藏不住的喜悅表情喝了一口紅茶。

客戶之中有不少看起來情緒不穩定的女性，這種時候為了不讓朔少爺與對方單獨相處，我也會陪同出席會客。她隱約帶有些許孩子氣，似乎是容易隨波逐流的個性，看起來是一般人會評價為可愛類型的女性。我尋求朔少爺的意思，但並沒有收到可以離開的暗號。

「請問，」藤崎小姐斂下眼瞼囁嚅道。

「人的……嗯，身體的氣味之類的，做得出來嗎？」

「妳是指體味嗎？」

朔少爺沒有絲毫猶豫地反問，藤崎小姐以不好意思的聲音點頭，「對。」她迅速地瞄了我一眼。

「我先生在兩年前過世了，可是我始終無法忘掉他……不，是我不想忘了他。我們沒有孩子，常有人勸我開始新的人生，但這樣好像是消除他的存在一樣，我總是不願意。我非常愛他，雖然他比我年長，不過很愛撒嬌，是個很可愛的人……

但是，明明這麼愛他，我最近卻開始想不起他的味道，這樣漸漸失去他讓我很痛苦。」

說話間不時帶著哽咽，眼睛水潤，似乎隨時會哭出來。為親近之人的死雙肩顫動的哀傷模樣實在太過悲痛清高，看著就讓我覺得呼吸困難。

然而，我的情緒還是沒有波動，沒有悲傷也沒有後悔之情湧現，只存「沒有」這個詞刺在我的胸口上。

「妳有指定部位嗎？」朔少爺忽然問。

「什麼？」藤崎小姐瞪大了眼睛。朔少爺從胸前口袋拿出銀框眼鏡，迅速戴上。

「頭皮、後頸、下巴、身側、陰部、手掌，妳想要哪個部位的味道？還是說是留在寢具上的綜合氣味？」

眼鏡產生反光，看不清楚朔少爺的表情，他的語調就像閱讀說明書一般平坦。

藤崎小姐看向朔少爺的眼神明顯變了，夾雜著露骨的異樣感與嫌惡。這也難怪。不自然的沉默在會客室中飄蕩，從窗戶的縫隙間傳來園子裡小鳥們不合時宜的響亮鳴叫聲。

「妳帶了哪些妳先生穿戴過的物品來呢？」

朔少爺依然以機械性的語調繼續說道。

「啊……有。」藤崎小姐似乎被震懾住了，她遞出紙袋，可以窺見紙袋中，裝在透明塑膠袋裡的衣物。

「這是先生遇到意外前一天穿的貼身衣物和工作用的西裝。」

「裡面有襪子嗎？」

「……沒有，這個太……」

「洗過的也沒關係，請妳寄他常穿的襪子過來，因為腳的汗腺會分泌出各式各樣的物質。還有擦過臉的毛巾和枕頭套，可能還留有毛根和皮脂的氣味。」

接著朔少爺開始一一提問她老公過去使用的造型劑、刮鬍泡、飲食習慣、慢性病、出生地、職業、通勤時間及交通工具、興趣，甚至是性行為的頻率。他攤開筆記本不斷動筆，連細節都具體地記錄下來，簡直像警方問案一樣，接二連三的問題讓藤崎小姐無暇沉浸於傷感中，她只是以一副目瞪口呆的表情不停回答問題。

「我明白了。」朔少爺闔上筆記本，「這些衣服暫時留在這裡，之後再和妳聯絡。」

他伸手將早就冷掉的茶杯移到嘴邊，這是暗號。「老師，時間差不多了。」我低聲向他說道。

「我先離席了。」朔少爺站起身，藤崎小姐被動地跟著站起來，以虛浮的腳步向前走幾步，到了門前像是突然想起般低下頭，「拜託您了。」

我送她到玄關，藤崎小姐不安地偷看著我的臉，我刻意不讓視線和她交會。我對朔少爺的事沒有瞭解到能夠回答他人的問題，再加上雖然理解她的震撼，但以我的身分可不能隨便表示同感。

回到會客室之後，朔少爺正在打電話。

「有幾種懲罰方式。新城，你既然對外宣稱是徵信社，就應該作好核實調查再帶委託者過來。」

那是尖銳的嗓音。原來新城是徵信社的人嗎？這讓人莫名地可以信服。我安靜撤下茶具。

「那就明天見。」

掛斷電話後，朔少爺起身將房間裡的窗戶大大敞開，他雙手撐在窗框上，嘆了口氣。

「謊話真臭。」

隔天是個雨天。

我按照朔少爺的指示，用完早餐後才前往洋樓。這天比平常早了三個小時，起床時天還是昏暗的。

他難得沒有交代我買任何東西，話是這麼說，這個時間大概也只有便利商店開著。我拖著因睡意和溼氣而沉重的身體抵達洋樓後，朔少爺已經在廚房了，他將鐵壺放在藍色火焰上煮熱開水。在微涼的日子和朔少爺沒有食慾時，他經常託我煮熱開水。

「你身體不舒服嗎？」

「空腹會讓鼻子更敏感。」

他說接下來要直接外出，不需要換衣服。「請問……要去哪裡……」我這麼問，他簡短回道：「跟監，有女性在場比較不顯眼。」並輕輕笑了。

我有些藤崎小姐的事想問，不過朔少爺話很少，所以我只是安靜地陪他喝熱開水。不管我怎麼忍耐，還是不禁打哈欠，就在喝完熱開水時，外面傳來喇叭聲。

我們在雨中小跑步搭上新城的車，我坐在後座，朔少爺則坐在副駕駛座。車子開下坡道濺起水花，開上了高速公路，我們正前往東京都心。

一開始覺得有菸臭味的車內，過了三十分鐘後也就習慣了，對氣味敏感的朔少爺卻不曾說過新城的菸味一句，這讓我感到很不可思議。不僅如此，今天兩人間還有凝滯的沉默隔閡，感覺很糟。新城偶爾會開窗抽菸，手機好幾次鈴聲大作，他卻不接。「小姐，妳說妳幾歲？」他看著後照鏡對我說話。「我叫若宮。」我這麼回答。「啊～若宮妳啊……」他不帶稱謂地叫我，雖然我在心中也都只叫他新城就是了。

「一香小姐，」朔少爺突然說，新城瞬間中斷話題。

「為什麼妳要稱呼我為老師呢？」

朔少爺盯著被雨滴敲打的車窗看，我花了點時間搜尋語句，本來想回答「因為方便」，最後卻答了：「因為對我來說，老師這個詞不帶色彩。」雖然我對朔少爺低沉的嗓音帶有藏青色的畫面，但我在呼喚他時不想要夾帶任何情感。

「原來如此。」朔少爺低聲道，「對於妳想保持單調狀態的態度，我很有共鳴。」

今天的新城沒有為此嘲笑一番。

開始可以看見道路另一端聳立的灰色建築物群，朔少爺戴上口罩。車子下了高速公路，穿梭在擁擠的建築物間，駛進立體停車場。

從那裡步行幾分鐘搭乘地下鐵，朔少爺從下車後就不發一語，帶著灰色的眼神始終迷離，夾在我和新城中間隨著交通顛峰時間的電車搖晃。他突然挺直腰桿，拉著我的背包移動到隔壁車廂，無論何時，朔少爺都絕對不會碰到我的身體。他在追過來的新城耳邊悄聲說道：「有個正在發情的男人。」新城微微聳了聳肩，帶著歉意說：「讓你多費心思了。」「這部分我會討回來。」朔少爺用眼神笑了笑，感覺他們總算恢復了平常的氣氛。

廣播播報出某個聽過的站名，朔少爺率先下車，我在人潮推擠中跟著下車，然後發現這是昨天藤崎小姐說過的站名，是她先生通勤時出入的商業區車站。

「公司似乎和車站共構。」

「不愧是大公司。」

兩人快步往前走，出了驗票閘門後，朔少爺立刻停在牆壁前，他拿下口罩。

「這裡可以嗎？」新城皺起了眉頭。

「地底的氣味反而不會流動。」

說完，朔少爺一動也不動，他微閉上眼，將臉轉向驗票閘門的方向。閘門一個接一個地吐出來的人全是身穿西裝的上班族，讓穿著不同個人服的我們三人明顯突出，不過也沒有人想往這裡多看一眼，他們只是盯著腳尖沉默地走向職場。

朔少爺紋絲不動，不過可以感覺到他高度集中。有什麼東西正在他的體內快速運作，就像高性能的電腦一樣。

「有了。」

朔少爺的眼神有了焦距，他吐出長長一口氣，戴上銀框眼鏡。眼神的前方是一位體格良好的男性，看起來大概接近五十歲，他忙碌地向超前他的上班族點頭致歉，同時以悠閒的步調走出驗票閘門。

「他就是那位女性的亡夫。」

有道黑影站到了男性身旁，沒想到是新城。好快。該男子本想無視，於是新城擋到了他前方，讓男子看手機的畫面並且說了一些話。男子繃緊了臉，眼神看了看四周，手繞到新城背後往角落移動。

我抬頭看朔少爺，他已經戴上了口罩，閉上眼睛仰頭朝著地底低矮的天花板，包覆在一塵不染潔白襯衫中的身影看起來莫名地令人心痛。

回到洋樓後，朔少爺立刻走上二樓。我想要泡個茶而走進廚房時，新城正在看著冰箱裡頭。

「他去沖澡了，沖去沾附在全身上下的味道。他要求妳剪短頭髮也是因為頭髮很容易沾染氣味，不過妳又不適合剃光頭，總之，那是他的極限了。」

他難得輕輕地關上冰箱門。

「妳今天可以回去了，他大概要暫時休息一下。」

「剛才那是怎麼回事？」

回程的車上，朔少爺在後座一直把自己縮成一團，我沒辦法問清楚。

「我現在要再去多調查一些。」新城移開目光，搔了搔頭。

「我被那個叫藤崎的女人擺了一道，那個男的如妳所見根本沒死，而且也不是藤崎的先生，是有家室的前外遇對象。」

「他跟你坦白了這些嗎？」

藤崎小姐讓我想到甜美又楚楚可憐的花，很難將她與外遇這個詞連在一起。

「聽說那男的家人已經知道了，分手時藤崎瘋狂了起來，不但纏著他還不斷騷擾他，兩人差點鬧上法院，不過藤崎的老家用錢幫她擺平了。只是也許在那個女人心中，她認為兩人還在交往。」

新城轉過身，正打算從廚房後門離開。「請等一下。」我喊住他。

「為什麼老師知道她在說謊呢？」

「靠味道。」新城指著我的鼻子。

「信不信隨便妳，不過謊言似乎有一種討厭的臭味。」

他以一副受不了的態度繼續說道。

「那個女的散發出說謊的臭味，而且帶來的衣服所使用的洗衣精和柔軟精味道和她用的不同。還有，西裝的下襬和袖口聽說有幼兒的體味，但藤崎又說他們沒有孩子。」

「該不會剛才的男性也是靠味道找到的？」

新城彎起嘴角笑了。

「妳可別嚇到，他就像隻警犬。」

他推開我，打開後門的門，蹲在紗窗前點燃香菸。白色的煙霧緩緩流動，雨聲嘩啦嘩啦地充斥著廚房。

與其說是吃驚，我更像是一時之間難以置信。然而，我確實是用自己的雙眼看見了，朔少爺毫不猶豫地就找出那位男性。

「不過呢，鼻子很靈就代表氣味的資訊量比其他人還要更多，這麼龐大的數量，需要體力以及集中力進行處理。那座車站有多少人經過？這個季節氣味本來就很容易飄散了，還要集中精神在人來人往的每一個人身上，簡直就像投身於資訊的波濤中。不過呢，我是無法理解啦，也無法想像。」

最後他丟下一句話：「沒有人能懂這種感受，所以就讓他去吧。」然後抬頭看我。或許是因為他縮著身子，看起來似乎有些不安。

「我來做蛋包飯吧？」

這麼說完，他以乾啞的聲音笑道：「我又不是小孩子。」看來他也不是一無是處。

新城調查後證實，那名男性並沒有說謊，他已經完全沒有意願和藤崎小姐見面了，也決定過去的事就當作沒有發生。對他來說，藤崎小姐只是一個讓他避之唯恐不及的燙手山芋。

所以，為了完全避開麻煩，他一五一十地招了。

藤崎小姐立刻就寄來了襪子、毛巾和枕頭套，我則將那些連同一開始暫放的衣服打包，附上道歉信一起寄回去，朔少爺說不能接下這件委託案。

我每天一點一點地打亮家具，同時思考她為什麼需要他的體味。是為了活在幸福的過去中嗎？還是說在她的心中，他真的已經死了？她那帶著稚嫩又楚楚可憐的舉止，就是活在自己創造的童話中的樣貌嗎？我很在意，在我眼中看到的她和朔少爺鼻子聞到的她，在精神方面究竟差了多少？

我並不怕她，相反地，能夠那麼執著於某件事讓我覺得非常耀眼。

那是在我為了買郵票而去郵局的回程路上，走出森林不久，我看見門前停了一輛計程車，淡粉色的裙襬搖曳，彷彿春天花朵般的女性走出來。我馬上就知道那是藤崎小姐，她看到我之後跑了過來。

「妳！」她抓著我的手臂，「妳是那間屋子裡的人吧？沒錯吧？」

手腕比我還要纖細，力氣卻很大。

「拜託妳和我一起求情，我說什麼都需要他的味道。那個姓小川的人做得出來對吧？吶，拜託妳，我什麼都願意做。」

她以甜美的聲音乞求般地重複著「拜託妳」，就算我想抽回手臂，她還是伸出指甲抓著我，那是鑲著小顆珍珠又硬又可怕的指甲。我搖著頭：「我想沒辦法。」也說了好幾次：「我無能為力。」但她完全聽不進去，她帶著笑容，雙手抓著我的手臂，拖著我往洋樓前進。樹上傳來鳥兒飛離的聲音，是因為我們散發出自然界的生物會害怕的氣味嗎？

「我很迫切地需要。」她看向我，是一張經過化妝精雕細琢的美麗臉龐，看起來像人造的睫毛濃密地圍繞著大眼睛，每一根都看得清清楚楚。

「妳一定可以理解。」

這句話的意思是因為我是女人嗎？我在她的注視下，回想我是否有迫切渴求過誰的記憶，但卻找不到這樣的東西，我總是在自己迫切需求之前就先放棄了。

「對不起。」

我有口無心地道歉，我相信她的心願是無法實現的。我也是個騙子。

「為什麼要道歉？」

她笑了，潔白光亮的小巧牙齒們整齊排列，她一邊笑著，指甲卻不斷掐入我的手臂。好痛，無論是物理上或精神上，我一抵抗，就清楚明白那股痛楚。身體的力氣就要剝離時，視線飄過了一個白色的物體。

「請放開她。」

朔少爺站在面前，直接穿著工作室專用的室內鞋，不知是否為心理作用，他似乎鐵青著一張臉。

「小川先生！」

藤崎小姐轉過身朝朔少爺撲去，朔少爺輕巧地抽開身，她的手臂徒勞地劃過空中。

「拜託你！請你幫忙！拜託你！」

她尖聲高喊著。

「我什麼都願意做！多少錢我都付！請幫我製作那個人的味道！拜託你！」

她就像年幼的孩子耍賴要玩具一樣，不斷喊著。

「藤崎小姐。」朔少爺以平穩的聲音蓋過她。

「我不能接受妳的委託，妳破壞了約定，就算是對女性沒轍的新城多少有些放水，但這一點他應該有確實告訴妳，那就是『不能說謊』。如果妳一開始能老實說清楚就好了，這樣的話無論什麼樣的欲望我都會接受，這裡就是這樣的地方。」

「這樣的話我說，我全都說！老老實實地！沒錯，我想要那個人，但我也知道我得不到他，所以至少有他的味道的話……只要有他肌膚的味道，我就可以活下去。即使他並不在我身邊，只要能得到他的味道，我就不會再纏著他不放，我保證。我也想要重新來過呀！但我也想要不會消失的回憶，因為他沒有留下任何東西給我。我想要可以長久珍惜，只屬於我的、那個人曾經存在過的證明。只屬於我的……」

朔少爺以沒有溫度的聲音向髮絲凌亂、大聲喊叫的她說道：

「我不建議妳這麼做。」

「但我只有這個辦法了，要壓抑自己只有這個辦法……」

「既然妳都這麼說了，」朔少爺嘆了口氣，他張開手掌，掌心裡有個透明小巧的玻璃瓶。

「請拿去吧，如果這樣真的能夠斬斷妳的情絲。」

藤崎小姐飛快地奪走玻璃瓶，拔開瓶栓，將端正的鼻尖湊上去。啊～她喟嘆出輕輕的一口氣，將小瓶子抱在胸前，跌坐在泥濘的地上。

「走吧。」朔少爺說。在雲層覆蓋的陰天下，筆直朝洋樓走去。

我停下腳步，朔少爺完全不看我，獨自喃喃道：

「這是她自己的選擇。」

雖然平靜，但卻是堅毅的嗓音。

我回頭看了一次，她如同被擊落的小鳥，只是蜷縮在地上。

過了幾天，藤崎小姐不曾再來訪，來回於準備餐食和打掃的平穩日常持續下去。朔少爺不再提起她，我也沒有問。淺灰色的雨滴滴答答地下，只有園子裡的植物們安靜地閃耀著光芒。

某天早晨，捲成筒狀的報紙突出於郵箱一角，日期顯示這是昨天的報紙，這種隨便的置物方式讓我知道是新城放的。放了一晚的體育報已經溼透，沉重非常，還有些微膨脹。

我將它和包裹一同放在桌上，準備早餐時，朔少爺從樓上下來，用指尖捏著翻閱。翻了幾頁之後他停下手，然後指尖離開報紙。

我端了水瓶和玻璃杯到桌上，眼光迅速瞄過。

上面的照片我有印象，「為情鋌而走險」、「犯案」、「殺人未遂」、「外遇的窮途末路」等文字跳進我眼中。刊登在一連串肅殺語句旁邊的是藤崎小姐的照片，她挽著一名男性的手，一臉幸福地笑著，男性的臉沒有被拍出來。

「嫌犯藤崎美咲」後方以括號標註了三十五這個數字，我在過了幾秒之後才意會到這代表她的年紀，她看起來年輕太多了。嫌犯藤崎美咲涉嫌埋伏前交往對象的已婚男性，並持水果刀殺人。男性被水果刀刺傷，幸好傷口只需約一個月即可痊癒，嫌犯藤崎美咲則被路人壓制。報紙上寫著她表示想要一起去死。

「為什麼？」我脫口而出，「她又說謊了嗎？」

「不，那時候她並沒有說謊。」

冰塊與冰塊摩擦發出清澈的聲響，朔少爺在玻璃杯中倒水，接著喝掉了半杯。

「那，為什麼……」

「味道會越聞越想念，鮮明強烈的記憶會使人發狂，她並沒有保守秘密的決心。」

就像讓餓著肚子的孩子聞烤蛋糕的味道一樣，如果蛋糕就在眼前會怎麼做？沒有決心的話，是不可能忍得住的。

朔少爺淡淡地說著這些，然後低聲喃喃道：「所以我才說不建議這麼做。」他忽地仰起臉走出房間。

我愕然地立在原地。「只屬於我的……」她說這句話時甜美的嗓音還迴盪在我耳中，也記得她抱著小瓶子頹然在地，像被摘離枝頭的花一樣的身影。難道朔少爺那時已經知道她的下場嗎？

既然知道事情會變成這樣，為什麼要幫她製作那名男性的氣味？而新城又為什麼要刻意拿報紙過來？不必告知這件事其實也沒關係呀。

不，我想，也許朔少爺想知道自己製作的香氣帶來的反應與結果。這麼做，才真的是兒童般的天真無邪。

——這是她自己的選擇。

朔少爺的話再次在我腦中響起。冰塊融化，又發出了虛無縹緲的聲音，我的後背感受到沉潛在安穩日常深處的敏銳寒意。

看向窗外，細雨中，撐著傘的朔少爺佇立在盎然綠意旁，梔子花的潔白花朵不知世事地在水滴露濡的園子中綻放。

感覺裊裊飄出甜膩而沉重的香味。

3

Chypre Note

大拇指般粗的蘆筍，拿在手中有沉甸甸的份量感，就算以流水沖洗，它依然如不知溼身為何物似地，昂首挺著穗尖、彈開水珠。我用削皮器剝著已切掉數公分的根部，用菜刀尾端摘下淡褐色的三角鱗片葉。

在早晨的陽光照射下，它的綠色沒有任何雜質，看起來淺褐色的三角鱗片葉則帶著些微的紫色。

「不要水煮，用煎的吧。」朔少爺邊拆紙箱邊這麼說。從北海道送來的蘆筍有綠有白，一根貼著一根插在偏大的玻璃杯中，在廚房裡放得到處都是，簡直就像專賣蘆筍的花店。

「要煎到帶點焦黃喔。」

朔少爺又說了一句之後，我才發現我還沒有回答。「對不起。」我從流理臺下方拿出鑄鐵平底鍋，單手拿鑄鐵鍋實在太重了，我的肩膀歪了一邊。「小心喔。」即使會出言關心我，朔少爺也絕對不會觸碰我。確認平底鍋在爐上擺好了之後，朔少爺就從冰箱裡拿出泡著檸檬香茅的水瓶，端到餐桌上去。

我覺得有點怪，伸長脖子看了看水瓶，原來我忘了放檸檬片進去。

今天做什麼都不對勁，我用力閉上眼睛深呼吸，集中精神在平底鍋的火焰大小。朔少爺和平常一樣，烤得脆脆的薄片吐司兩片，上面疊著煎到焦黃的蘆筍和太陽蛋，配上百里香調味的烤番茄，胡椒則各自現磨。端到餐桌，一邊欣賞著雨停的園子，一邊享用安靜的早餐。

「很抱歉，我忘了在開水中加入檸檬。」

我遞出放著幾片檸檬切片的碟子，朔少爺卻回道：「不，這樣剛好。」然後專注為一根蘆筍撒上岩鹽。

面試時我覺得朔少爺似乎是個神經質的人，我警戒著他可能是那種嚴格遵守自己訂下的規矩，並且要求身邊的人也要遵守的類型。不過朔少爺雖然個性極度纖細沒有錯，但也有彈性的一面。

我又想起了哥哥，他從不改變自己的習慣與作風，與其要配合外面的世界，他選擇了窩在自己的世界裡。他從小就嚴格遵守自己決定好的規矩，只要發生預期外的事就會歇斯底里。因為重度偏食，他的皮膚總是很粗糙；我們並排的床墊，只有他的每次都拉得整整齊齊，連四個角落都不放過；棉被或毛毯也是沒有任何歪斜地對齊床墊，枕頭正確地擺在床單中心線。從很小的時候開始，哥哥就是不這麼做便無法入睡的孩子。明天要穿的衣服疊好放在枕邊，上面再輕輕擺放眼鏡後他才會閉上眼。眼鏡散發出寒光，彷彿在說它不會放過任何一絲紊亂。

「妳不吃吐司嗎？」

朔少爺沉穩的聲音把我從記憶深處拉回來。

「啊，對……」

我感覺他在等我繼續說下去，於是我謹慎地開口：「今天你託我買了司康。」

「我擅自在內心期待著是否有點心時間，所以刻意吃少一點。」

「還真是精明呢，」朔少爺笑了。

「今天有特別的客人來訪，所以我想奢侈地喝個下午茶。」

其實我是沒有胃口，但卻撒了個小謊，討厭謊言臭味的朔少爺似乎沒有察覺，逕自在吐司上塗著奶油。看來這種程度的謊他聞不出來。

我不是在測試他，我邊對自己辯解邊用刀子切開蘆筍前端。是深綠色的味道，也帶有甜味，柔嫩的口感令人驚訝。

「聽說要用煎的，風味才不會跑掉，不過用煮的顏色比較漂亮。」

「好好吃，原來是這樣的味道。」

我對蘆筍的印象只有那是為便當增添色彩用的蔬菜，沒想到只是煎過就能成為大氣的主菜。我用刀戳破半熟的太陽蛋，在穗尖沾滿了蛋黃。

「有些人吃了蘆筍之後尿味會變臭。」

「尿嗎？」

「沒錯，雖然有國外作家寫說那是很棒的香氣，但有些人聞起來像是雞蛋或腐爛洋蔥的異臭味。」

因為他沒問所以我刻意不說，不過其實我從來沒意識到吃完蘆筍後尿的味道。

「蘆筍含有一種叫『蘆筍酸』的物質，經過消化後會產生含硫化合物。」

「所以才有人覺得像蛋吧，因為溫泉也有一種類似蛋的味道。」

「對，不過有一定數量的人無法感受到那種氣味。就我的經驗而言，聞不出這種味道的人反而占多數，似乎是基因的關係，還出現了蘆筍嗅覺缺失症這個詞。」

「那我也是嗅覺缺失症嗎？」

「如果妳聞不出來的話那就是了。」

朔少爺用撕成小片的吐司沾起從戳開的番茄中流下的淡紅色汁液。以結果來看，不但暴露出自己的尿液味道，還被說是嗅覺缺失症，這是一段皐月聽了以後很可能會氣到兩眼昏花的對話，但朔少爺就像在談論天氣一樣繼續說道：

「不過聞不出蘆筍尿味也不會有什麼困擾吧。」

「……呃，是呀。你說那有股臭味嗎？」

「說有很棒香氣的國外作家文章中寫著把尿瓶當成香水瓶了。」

「意思是每個人感受不同嗎？」

我將最後的蘆筍切成四等份放入口中。

「嗯，大家聞到的都不一樣，即使用氣相層析法以科學方式分析成分，會有什麼感受還是每個人都不同，而且經驗也會影響氣味的感受。」

我突然停下手上的動作。

「老師，你除了蘆筍以外，還可以從尿液中聞出其他東西吧？」

朔少爺沒有停下動作直接回答：

「是呀，像是大蒜或咖啡之類的很好懂，不過我還可以知道除了食物之外的事，像是健康狀況。因為我的尿味都在預料之中，所以真要說的話，我會對他人的尿液味道產生反應。」

「連他人的都聞得出來嗎？即使已經沖水了？」

「就算沖過水也會殘留在空氣中，所以才會有廁所除臭劑呀。」

我在內心發誓，從現在起我一定要在朔少爺之後上廁所。「感覺我才是有缺陷的那個人呢。」他溫柔地笑了。

「比起這個，在吃飯時聊尿的話題，這種絲毫沒有敏感度的地方才是問題吧。」

粗啞的聲音突然落下，新城靠在敞開的門上，我完全沒注意到他進來了。朔少爺不知何時已經察覺到了，頭也不抬地用指尖撕開第二片吐司。

「多虧妳很用心地維護這個家，所以就算新城粗魯地走進來，門鉸鏈也沒有發出聲音，地板也不再嘎吱作響。」

「拿去。」新城將白色的箱子放在一臉淡然的朔少爺面前，裡面塞滿了深紅色的玫瑰，顏色和房東太太的爬藤玫瑰很像，但稍微偏粉紅一點，花朵也小了好幾圈。不帶莖也不帶葉，只有帶著花托，強烈且華麗的色彩讓周圍之物相形遜色。

「照你希望的，早上剛摘下來。」

「我知道。」

朔少爺滿足地瞇起眼。「啊啊啊，受不了，我幾乎沒睡，都要吐了。」新城重重地在椅子上坐下，他的聲音沙啞，還有一股菸味混雜著些許酒精的味道。

「這是上一次的懲罰。」

「好啦好啦，我知道。一香小妹，這杯水可以給我嗎？」

我起身去拿乾淨的玻璃杯。「吃了這個吧，百里香對宿醉很有用。」朔少爺建議新城吃掉剩下半個的烤番茄。

「烤梅干配粗茶[1]也很好喔，我來泡吧。」

「不錯呢，在熱水中加入百里香一起煮的話就能出現和洋兼蓄的效果。」

「也太隨便了！」新城大叫。感覺他一來氣氛就會變得輕鬆，我不知不覺間鬆了口氣走向廚房。

隱約可以聽見兩人的對話聲。「說是想製作少女的香味。」「還真是籠統，幾歲的少女？小學生還是國中生？還有月經初潮前還是後？」「我說你啊，就是這點很危險。」「我只是想知道正確的需求。」對話中間我去收走了自己的餐盤，裡面還有一點食物，我在廚房迅速扒進嘴中，將粗茶端給新城後，開始處理午餐的食材。

有一種不想深入瞭解朔少爺工作內容的心情，我只想默默做好他交代的事。

我用昨天做的豬白肉湯汁蒸煮白腎豆，在裡面加入燙過後切碎的培根，以鹽調味，之後和義大利麵拌勻，最後再撒上一株量的迷迭香增添香味。一切都按照朔少爺的食譜動作，不過上面沒有關於義大利麵種類的指示，我記得他喜歡貓耳朵狀的義大利麵。當我在放乾燥麵類的架上尋找時，「一香小姐。」有人叫我。

一回頭，尖頭皮鞋蹺在旁邊的椅子上，用一副懶散姿態喝著茶的新城映入眼簾。朔少爺站起身，拍了拍新城的腳。啊，看來他可以觸碰新城，我這麼想。

朔少爺捧著玫瑰的箱子來到廚房，「我們有篩網吧？大的。」他的視線看向上方的架子，我伸直背脊，從朔少爺視線前方的架子上拿下幾個篩網。他拿起一朵花，用雙手手掌包覆，搓揉著將花萼捻碎，紅色的花瓣一片一片掉落。

「妳可以把這些都摘到只剩花瓣嗎？」

1. 原文為「番茶」，指用比較成熟的老葉製成的茶，風味較不及以嫩葉製成的「新茶」。

他說著，又拿起一朵花，一大朵玫瑰在朔少爺的手中解體，無聲無息地散落，看起來就像雙手沾滿了鮮血微笑著。

在香料植物與藥用植物菜園還要再更進去的深處，密集林立著高聳的大樹，像是在保護屋子一般，源叔稱之為樹木園。園子深處有一棟老舊的木屋，木屋就位在中心處，是工具室兼源叔的休息室，也放有朔少爺抽取芳香原料用的大型機器。

我坐在木屋入口，像寬大梯子般的木製階梯上，色鉛筆在素描簿上奔跑，畫著生氣蓬勃的蘆筍、早餐用的百里香、剛才摘下來的迷迭香，還有朔少爺要我拆開的深紅玫瑰圖案。

「畫得很好呢。」

源叔推著手推車，用棉布手套的手背處擦著汗這麼說。這裡是樹蔭下很涼快，不過陽光照射下的菜園已經熱得有如盛夏。

我停下手，看著自己的畫。

「我只是照著畫而已。」

「可以照著看到的東西畫下來就很厲害啦。」

我擠出笑容。「她畫植物的方式和別人不一樣，不是在綠色的地方單純塗上綠色而已，還會加入各種顏色調出不同的綠。」因為老師的這句話而洋洋得意的日子也只到國中為止，升上高中之後，我和以美術大學為目標的同學之間的差距越來越大，這讓我害怕，於是我輕易就放棄了畫畫。

不過從頭到尾，我的父母都沒有在意過我的繪畫才能，他們單純覺得只要給我蠟筆和素描簿，我就會一個人乖乖地玩。

他們的眼裡只有哥哥。

「真正有才華的人連看不見的東西都畫得出來，雖然畫著現實中有的東西，卻能讓人看到現實中沒有的東西。我認為這才是可以打動人心的藝術，就像老師一樣。」

「朔少爺也會畫畫嗎？」

「不是，但老師製作的香氣似乎可以打動人心……我覺得，他應該是天才，雖然這是個有點不負責任又草率的詞。」

「這樣子啊。」源叔在我身旁坐下，他摘下草帽，用圍在脖子上的毛巾來回擦拭著頭。

「藝術那些我不懂，不過朔少爺的確是個特別的人。現在是休息時間嗎？」

「老師在使用廚房，所以我得到了自由時間。」

「真少見呢，他在做什麼？」

「製作玫瑰果醬。」

源叔一副無法理解的表情，發出「嗯？啊？」的聲音。新城買來的玫瑰聽說是名叫「佐姬」的食用玫瑰。源叔解開腰間的水壺，以壺蓋代替茶杯倒了杯茶遞給我。

「謝謝。」我雙手接下，是冰過，有著煙燻香氣的焙茶。

「這是京都粗茶，我死去的老婆是京都人，本來覺得這是什麼有燒焦臭味的茶，結果習慣之後就喝上癮了。」

「很好喝。」

源叔人很好，但不是多話的人，沉默籠罩著我們。從樹葉間流洩的陽光細碎地搖晃著，樹蔭的對面可以看見菜園。這裡的園子很安靜，可是白天卻有種鬧哄哄的感覺，大量的植物全力散發色彩與香氣，在太陽底下喧騰不已。

「老師他，」我輕聲問道，「鼻子真的很靈敏嗎？」

「為什麼這麼問？」

「因為我不懂老師區分好味道和壞味道的標準，像是新城先生的菸臭味，濃烈到連我都聞得出來，但他卻從未說過一句話，可是又會毫無來由地厭惡一般人聞不出來的謊言臭味。」

現在回想起來，面試時我也被測試過是不是會說謊的人。

「會不會是他習慣新城先生的菸味了，所以沒有察覺呢？」

「不可能，知道『習慣』是怎麼回事的人是不會讓自己習慣的，小姑娘。」

源叔很肯定地說。嗅覺似乎有個特徵，持續嗅聞同樣的味道之後感覺就會慢慢遲鈍，稱為嗅覺疲勞，聽說專業的調香師都很明白這個道理。

「我想對朔少爺來說，大概沒有好味道或壞味道之分吧，他對味道非常平等。對初次見面的人的體味說那麼多也只是在做分析，在他眼中那並不是否定。新城的菸臭味是老樣子了，要是味道有變，他反而才會說點什麼吧。」

「這麼說，早上朔少爺點出他宿醉的事。」

「嗅覺是一種本能，畢竟朔少爺就像野生動物一樣。會討厭說謊的臭味，大概是因為他人說的謊曾給自己帶來不好的結果吧。就像是，如果曾在非常香的花田中被蜜蜂刺過，那麼就算花香味再怎麼香，也都會留下不好的印象對吧？人類很健忘，這種小事或許很快就忘了，可是若像朔少爺這樣擁有絕對嗅覺的話，我想很難輕易就忘記吧。即使是像小姑娘妳這樣的年輕女孩聞了會皺眉的菸臭味，對朔少爺來說這或許是多年好友，沒有威脅感的味道。」

我想起朔少爺之前說過的話。

——香味會被永遠記憶下來。

「意思是如果遇到了討厭的事就再也忘不了嗎……」

「是呀，雖然我也不懂。小姑娘，妳要是還在意什麼就問吧。」

或許是說累了，源叔倒了茶繼續喝著。

我還有其他在意的事。

我一直忘不了被捕的藤崎小姐的臉。為什麼朔少爺明知人心會發狂，卻還是調製了香氣呢？之後每次新城帶來怪異的委託案，我都不想知道結果。是為了報酬嗎？還是為了滿足好奇心？為什麼朔少爺願意忠實地製作委託人想要的香氣？他難道不會因為自己製作的香氣所帶來的不幸結果，而陷入自我厭惡嗎？

這幾天，我都做著同樣的夢。

在黑暗中張開的手掌，失去血色，質感如蠟的手掌緩緩地向我靠近，上面的皺紋和指甲的形狀我有印象，但是在黑暗中我看不見臉。「妳選吧。」手掌這麼說。不知何時，掌心裡放著玻璃小瓶子，是藤崎小姐毫不猶豫拿走的小瓶子。我無法選擇，因為就算選了我也無法背負責任，但是我知道，就算我不選，悲劇依然會降臨。接著，我的身後有什麼東西垂吊下來，兩道細長的影子筆直朝我腳邊伸過來，我不需要回頭，也明白那是什麼。

我深長地吸了一口氣，有潮溼土壤及樹林的味道。意識回到現實，慢慢地調整呼吸。

「我只是受雇工作，我怎麼想和工作內容無關。」

「妳是希望自己這麼想的吧。」

銳利的言語讓我畏怯了起來。

「我不知道妳在在意什麼，不過他是個好人。」

源叔向全身緊繃的我露出笑容，眼周擠滿了皺紋。

「第一次見面時，我也被說了呢。『再放著不管，半年後不保證你還有命活著，看是要立刻去醫院，或是要無視我說的話，你自己選擇吧。』結果是嚴重的肝功能障礙，聽說是從口臭聞出來的。不過呢，那股口臭就算不是朔少爺任何人都聞得出來，我身邊的人之所以一聲不吭，是因為當時的我根本不聽別人說話。而朔少爺毫不猶豫地向這樣的我指出問題，不管別人說他什麼，他都是個好人。」

源叔拍了拍我的肩膀，像是在叫我放心。拍完之後，才忽然驚覺地看著自己的手，「我應該把手套脫掉的，太心急啦。」他大聲笑著。

這時候，傳來了踏過小枝枒的聲音，從源叔對面的樹林間，可以看見一個白色的小小人影越走越近。

是一位身著白色蕾絲洋裝的老婆婆，外搭散發出光澤的長襬罩衫，像女演員似地斜戴著寬帽簷的帽子。

我覺得我們眼神交會了，但老婆婆卻以帶著迷濛的眼睛看著這邊，她的眼神讓我想起了朔少爺。

源叔將毛巾重新圍在脖子上連忙起身，一點也不像對入侵者毫不留情的他。

「老源，好久不見，你看來心情很好呢。」

老婆婆以沙啞的嗓音道。源叔驚嚇地停下腳步，小聲碎念：「我沒辦法應付那個老太婆。」「哎呀，你想逃嗎？」老婆婆愉快地笑著，依照兩人的距離應該是聽不見才對。我偷偷地笑了。

「你還是一樣沒骨氣呢。那位小姑娘是宅裡的人嗎？」

「是的，」我站起身，「我去叫老師過來。」

「謝謝妳的貼心，不過他似乎已經察覺我來了。」

我一看，朔少爺正橫越過菜園。老婆婆的表情沒有絲毫改變，我的眼神落到她的手邊，單手拄著白色的拐杖，即使面對刺眼的陽光她也沒有瞇起眼。啊，我才發覺，她的眼睛看不見。

「蝴蝶夫人。」

朔少爺用帶點親暱的平穩嗓音呼喚。

「要再去散步一下嗎？」

「你這人都不能讓人突襲你呢，從什麼時候開始發現的？」

「您一來就知道了。我很想陪您在園子裡散步直到您滿意為止，不過我的肚子有點餓了，不嫌棄食物簡單的話，要不要一起用餐？」

「那我就不客氣了，我也餓扁了呢。」

被稱為蝴蝶夫人的老婆婆身體轉了個方向，細碎地擺動白色拐杖往前走，朔少爺並沒有伸手扶她，我也就跟在兩人後方。蝴蝶夫人靈活地走上玄關前的石梯，進入洋樓後說了句「打擾了」就消失在訪客用的盥洗室。

「很有精神的一位女士呢。」

我忍不住感嘆出聲，朔少爺開心地在我耳邊悄聲說：「她是過去美好年代的大和撫子。」

我送了煎蛋捲、切薄片的白肉、醃小黃瓜和茄子，以及他最喜歡的鹽味飯糰給源叔。在我製作白肉沙拉，進行白腎豆義大利麵最後一道步驟的期間，餐桌不斷傳來朔少爺與蝴蝶夫人爽朗的談笑聲。

用餐時她也不需要任何協助，她迅速地摸索，掌握自己的餐墊上哪裡放了什麼東西之後，就喝著朔少爺開瓶的白酒，津津有味地吃著料理。反而是我常常撒東西出來，或是碰撞餐具發出聲音。

蝴蝶夫人和朔少爺散發的氣質非常相像，不論是謹慎且優雅的動作、帶著嘲諷的說話方式，或是不知道正看著哪裡的眼神。

「蝴蝶夫人的名字有什麼緣由嗎？」

我忽然想到而這麼問，她呵呵地笑了。「是從英文翻譯過來的嗎？」她的頭朝朔少爺的方向伸去，沒有絲毫雜色的白髮非常漂亮。兩人色彩的濃淡也很相似。

「那是知名的香水名稱。」朔少爺邊在蝴蝶夫人的玻璃杯中邊添酒邊說。

「那是法國人想像中的東方女性的香味，是大約一百年前製作的絕佳香水，複雜且神秘，是為了淑女製作的香味。第一次見面時她身上噴了這種香水，所以我才稱她為蝴蝶夫人。」

「我已經聞膩了，不再噴了。」蝴蝶夫人戲謔地笑了。

「她呀，總是很快就喜新厭舊。」朔少爺誇張地嘆了口氣。

「你明明就樂在其中。說是這麼說，但可是我先發現他的，因為他身上有著我沒聞過的香味，所以我就過去攀談。他常找出別人，但卻從沒被他人主動發現過，所以為此大吃一驚呢。我就只看過小川先生驚訝的表情那麼一次，空前絕後。」

「蝴蝶夫人，妳眼睛看不見吧。」

朔少爺說出讓人心驚膽戰的話。

「哎呀，我說你，真的以為我看不見嗎？好啦，飯都吃完了，快點拿新的香味來吧。」

不知不覺間，朔少爺的盤子已經空了。她是靠餐具的聲音辨識大家的用餐進度嗎？但她明明一直在說話。我寒毛直豎，感覺一個不留神，連眼睛看不見的地方都會被輕易窺探。朔少爺和蝴蝶夫人都處於我無法感知的世界，這一點是兩人之間最大的共同點。

「我總是說不過妳呢。」

朔少爺的表情一點也不困擾，他站起身往二樓走去。

空氣暫時沉默。

「別那麼緊張，我又不會把妳抓來吃。」

蝴蝶夫人沙啞的聲音笑著這麼說。

「啊，對不起。」

我不小心弄掉了叉子，發出好大的聲響。很吵吧，我感到很歉疚。

「妳啊，雖然年輕，身上卻散發出複雜的氣味呢。」

「咦？」

蝴蝶夫人閉上眼睛，滿是皺紋的臉上有著少女般的天真無邪。

「妳有一種懷抱著秘密的味道，所以小川先生才會中意妳吧。雖說是味道，不過我並沒有小川先生那樣的嗅覺，對了，應該說是像氣息一樣的東西。小川先生製作的也是秘密香氣呢，製作方式只有他才懂，世上獨一無二的香氣，他將這件事當作是自己的生存意義。」

我的腦中閃現胸前緊抱小瓶子，頹然跌落地面的藤崎小姐。蝴蝶夫人的薄唇「噗」地笑了。

「別怕，我這種老太婆有什麼好怕的呢？小川先生也是，要是讓他聞阿摩尼亞，他也會避之唯恐不及。會害怕是莫可奈何，但沒有看清楚眼前的事物就感到害怕可是一種損失。我小的時候是戰爭的年代，大人們總是哀嘆著鬼子要來了、這個國家完蛋了，結果，來的美國士兵給我們的零食，散發出從沒聞過的香甜味。我那時候開心地伸出了手，畢竟新奇的事物總是很有趣嘛。」

「她第一次委託我製作的味道是美軍給的口香糖的氣味呢。」

朔少爺苦笑著回到餐桌。

「我可是請世界第一的調香師製作世上最廉價的零食的香氣喔，很讓人興奮吧。」

「那麼，蝴蝶夫人，請移步到會客室，我們在那裡試香吧。」

蝴蝶夫人露出微笑，起身說道：「多謝招待。」「請問……」我情不自禁地出聲，「我可以一起過去嗎？」

本以為會被留下來收拾碗盤，不過朔少爺回頭看著我的臉，然後靜靜地點頭。

「機會難得我來泡茶吧。蝴蝶夫人，請先過去入座。」

這麼說完，朔少爺難得地將餐具端到廚房，「我來幫忙。」「謝謝您。」我低下頭。提出了任性的要求讓我很愧疚，但感覺不要道歉比較好。

將阿薩姆紅茶泡得濃一些，在司康旁附上濃縮鮮奶油與朔少爺做的玫瑰果醬，那是如寶石般豔紅的果醬。

朔少爺將紅茶和司康留在停於門邊的餐車上，走到坐在沙發上的蝴蝶夫人身旁單膝著地，以滴管吸起透明的液體，在細長的試香紙上滴落一滴。等待酒精揮發，遞給蝴蝶夫人。蝴蝶夫人一拿到臉前，細瘦的手腕開始微微顫抖。

看得出她的表情瞬間變得柔和，人與香氣相遇時，竟然會這麼直率地顯露出情感，這讓我驚訝。

「這香味高雅得令人畏懼，聞過這樣的味道之後，就再也沒有回頭路了吧。」

蝴蝶夫人口中吁出深長的喟嘆，這個動作甚至給人雅致的韻味。

「為了向您的求知欲表達敬意，裡面使用了最高級的鳶尾花。」

「鳶尾花？」

「也被稱作愛麗絲。鳶尾科，經常出現在西洋繪畫或飾品造型中，開紫色或白色的花。原料不是用花朵或莖，而是將塊狀的根莖熟成，耗費六年以上萃取。以人工作業，經過曠日累時的工序後，才能製作出最佳的香氣。這是在土壤下，看不見的地方綻放的花朵。」

「確實是呢。」蝴蝶夫人喃喃道。

「深深地、深深地綻放，華麗卻又有土壤的溫度，還似乎有種令人懷念的香氣。」

朔少爺滿足地微笑。

「裡面隱藏著新鮮藺草的香味，因為您以前說過老家為了迎接盂蘭盆節的到來，總是會在夏初時更換榻榻米。」

「啊啊，這是……真正的藺草呢，畢竟最近有很多仿製的榻榻米。」

這麼說完，蝴蝶夫人的喉頭發出咯咯咯的鳴響，她大笑出聲。

「我也到了有鄉愁的年紀了呢。很好，我喜歡。」

「那麼，借用您的拐杖。」朔少爺俐落地起身，拿起靠在沙發上的白色拐杖走出會客室。

「他要將香味注入拐杖的握柄。」

蝴蝶夫人深深地躺進沙發椅，我急忙擺好司康的盤子，在杯中倒入冒著熱氣的紅茶。

「這樣的話，美好的香氣隨時都能引導我。」

簡直是醉倒在香氣中的聲音，只是搧了那麼一下試香紙，彷彿高級蜜粉的香氣就飄散在四周，悠然自適的蝴蝶夫人看起來就像在森林深處沉睡的高貴公主殿下。

「香味非常適合您。」

我端紅茶給她。「那當然啦。」她仰起了下巴，然後嘻嘻笑著，「哪一天也請他幫妳調配最棒的香氣吧。」她伸出手來，我輕輕觸碰，明明是冰涼瘦小的手，手指關節卻結實粗大，而掌心驚人地柔軟。她沉靜地包覆我的手，她是以手在看世界的。

我有力地反握。「很痛呀。」她「啪」地拍了我的手背，一時間我們笑了起來，兩人一起吃著司康。

在司康塗上寶石般豔紅的果醬，咬了一口後，蝴蝶夫人露出微笑。

「我說，小川先生這個人，到底犧牲了多少玫瑰呀？我的腦海中開滿了整片花田呢。」

接送的車輛駛來，蝴蝶夫人離開之後，朔少爺依然待在會客室中，他坐在單人沙發座上，沉思般一動也不動。

我無事可做，呆立在餐車旁，和蝴蝶夫人握過的手還留著幽微的高貴香氣。就在我輕輕嗅聞時，朔少爺出聲喚我，「可以再幫我倒杯紅茶嗎？」

「好，我再去重泡一壺。」

「不用了，這樣就好，加牛奶喝吧。」

被這麼催促著，我倒了兩人份的奶茶坐進朔少爺對面的位子，那是蝴蝶夫人原本坐的地方。我感覺自己的身體在沙發上陷得比她更深，她是位很嬌小的人呢，我現在才發覺。

朔少爺在褐色的奶茶中放入兩顆方糖，以銀色的湯匙仔細攪拌，慢慢地喝下半杯後，將茶杯放回茶盤，雙手交叉抱胸。

「蝴蝶夫人大約每隔三個月到半年會來一次，先前一直是如此，不過今天大概是最後一次了。」

我不知道該怎麼回應才好，因此只是點點頭，「是。」

「也就是說，她活不過三個月了。」

化成言語說出口後，彷彿有一種無法抵抗的絕望感滲入體內。

「所以才用了最高級的原料嗎？」

「因為我不想對她做出以言語告知這種粗魯無禮的事。」

「不過我想那位女士應該明白。」

「是這樣嗎？」

他安靜地呼出長長一口氣。

「感官會比任何形式都更有說服力地告訴自己『心願和希望無法達成』，所以我比他人更容易放棄，我想她也是如此。」

朔少爺像是在自言自語似地喃喃說道，我想著該說點話而張開了口，卻又因找不出一句話可說而閉上嘴。我想像明白自己死期的內斂野獸，其他人能做的就只有在旁守護而已。

片刻間一陣沉默。喝盡早已涼透了的奶茶後，朔少爺抬起頭，帶著灰色的眼眸盯著我。

「一香小姐，妳以前是個乖巧的學生嗎？」
「什麼？」
「妳是會乖乖遵守老師說的話的人嗎？」
雖然對突如其來的問題感到不解，我仍點點頭。
「是呀，國高中時我不是會製造問題的學生。」
小學時因為被稱讚很會畫畫，所以我並不害怕引人注目。
「妳會稱呼我為老師，是因為妳不想多加思考，只想遵從這裡的規矩對吧？」
忽然被人直搗核心，讓我張口結舌。是這樣嗎？我也確實有這種感覺，之所以覺得開口稱呼老師會讓我有安心感，是因為放棄了自我思考嗎？
「是……這樣子嗎？」我回應了個怪異的答案。
「遵守規矩比較輕鬆嗎？」
我思考了一會兒。
「或許我是習慣了。」
「我並不是在責怪妳，只要妳覺得舒適順心就好。」
朔少爺少見地露出苦惱的表情，接著立刻瞇起眼微笑。
「妳怕我嗎？」
心臟輕微地顫了一下，我覺得被看穿了。只要會客室的窗戶緊閉，外面的聲響就幾乎傳不進來，在密閉的寂靜之中，迴盪著我吞下唾沫的聲音。

「……有件事希望你能告訴我。」

「什麼事？」

朔少爺的嗓音還是一樣，和請我再倒一杯紅茶或一片吐司的聲音之間沒有任何變化。

「為什麼要製作藤崎小姐委託的香味？你不是曾拒絕她嗎？」

「因為我想做看看。」

朔少爺還是用著平常的聲音說話。

「我不是個道德家，只要有人問我有沒有可能，我就想試試看，不論那是什麼樣的氣味。我想一般人，如果是為了她著想，就會判斷不應該在她精神不穩定的時候給她那樣的香味。但我和她的交情並沒有深到會為她著想，而且我也尊重她的選擇。」

他的語氣就跟在說明氣味的成分時一樣淡然。

沒有惡意，且解釋得很有道理，但朔少爺無道德感的程度令我感到殘酷。他並不追求正確或仁慈，也沒有後悔或罪惡感，只是忠實地追尋著只有自己做得到的事。是被稱為天才，和我不一樣的人。

「對不起，」我道歉，「我有點難以接受。」

「不，」朔少爺微笑，「妳不需要道歉。」

「還有一件事，為什麼是雇用我？」

機會難得，我問了一直很在意的事。

「妳寄履歷表過來的信封上沒有雜味。」

「從那樣的小地方就開始注意了？」

「妳沒有噴香水，還有，妳的體味不擾人，大概是因為妳的情緒起伏比他人平穩的關係。但我沒有厲害到能分辨這是有原因的，還是天生個性如此。」

朔少爺雙腿交疊，沙發響起嘎吱聲，他一手撐著太陽穴。

「就只有說謊的臭味我說什麼都無法忍受，心有所圖的人、肚子裡不乾淨的人，只要這種人待在身邊我就無法專心。」

「我也會說謊喔。」

「在一些小事情上，大家都會這麼做吧？不過說謊可是需要耗費力氣的。」

「力氣……嗎？」

「不論是騙自己還是騙別人，身體都會累積相應的壓力，某種意義上來說，也可以說說謊的人身強體健。當然也有人說謊就像呼吸般自然，或是病態的騙子，這類人的謊言有時候讓人分辨不出來。」

我想起了友善待我的皐月，有些事，我連她都沒有說。

「我連對朋友都沒有說出實情，一直在騙她。」

說完之後，我覺得這簡直就像在懺悔。我移開視線，從沙發的嘎吱聲我感受到朔少爺挪動了身體。該怎麼保養沙發的彈簧才好呢？忍不住思考起毫不相關的事。

「一香小姐。」

藏青色的聲音呼喚我的名字。

「妳只是想要隱藏，或是想要忘卻。我想妳的內在現在大概沒有力氣，目前的狀態難以在接收他人的話語或是行為後，做出吞下去或反彈的反應，所以才會壓抑情緒想辦法度日，這和說謊不同喔。」

我盯著自己不知何時緊握在膝上的手。

「……但是，這是逃避吧。」

「『不可以逃避』，這種道理不聽也罷，這種話是殺人的正義。」

聲音聽起來很強硬，我看向朔少爺，他對我露出柔和的笑容，但我似乎看見他總是迷離的眼神深處有著暗暗燃燒的烈焰。

「要是在這裡感到任何一點痛苦，都可以馬上離開沒關係。」

如我所料，不否定他人選擇的朔少爺這麼說，但還是感受到一絲寂寞，雖然我沒有說出口。

「對了對了。」朔少爺改變了音調。

「今天早上我和新城談到的想要製作少女香氣的委託者，聽說是個人偶製作師，想要讓自己製作的人偶更加完美。因為不知道對方有幾具人偶，所以我想親自去看看。」

「真的是有各式各樣的委託呢。」

朔少爺輕輕地笑了。

「稍微有點興趣了嗎？」

「很難說呢。」

我老實回答，不過害怕朔少爺的情緒已經少了一些。朔少爺站起身，打開一扇窗戶並以金屬配件固定住，外面傳來手推車推過窗下碎石路的聲音，等到那聲音遠去之後，朔少爺說：「不過呢，」

「會對第一次見面之人的死亡感到悲傷，妳這種認真的個性有時候是我的救贖呢。」

我不禁半站起身，「不只是這樣而已，」

「我想，要是那位女士不在了，你不就失去可以理解自己的人了嗎……」

看著朔少爺臉上浮現的表情，我不再說下去。那是和平常的微笑不同，令人難以捉摸的表情，像是放棄，又像是覺得可笑。而直到剛才還在看著我的灰色眼眸，又不知道神遊至哪個遠方去了。

4

Woody Note

不去洋樓的日子我總是很晚起。

只要起得越晚，早上就會越沉重。從窗簾細縫間照進來的陽光越來越刺眼，越來越熾熱，也一點一滴侵蝕進從頭包覆到腳的薄毯中。近中午的時候我終於放棄，拖著輕微脫水的疲憊身軀從被裡爬出來。

這時候，我想起了哥哥房內的昏暗。

唯一的一扇窗上貼著厚紙板，拉上兩道遮光窗簾，毫不容許任何一絲光線入侵，他的房間總是像深海一般，電腦螢幕散發出的藍色光芒讓人想到陰沉的深海魚，好幾年沒有流通的空氣凝滯不動。有時候，房門會無聲無息地打開，從不知道能不能容納一顆頭寬度的縫隙中倏地伸出白皙的手，抓走媽媽放在走道上的水和食物，看到這一幕，讓我覺得像是被幽暗的洪水吞噬般呼吸困難，我總是別過臉去。

待在緊緊拉上窗簾的房間內，不和任何人說話，感覺就像緩慢地死去一樣。哥哥有過這樣的感受嗎？還是說，他正是希望這樣的事發生？希望、等待，然後厭倦了等待，於是親手——

思緒總是止步於此，因為我不明白。即使無法再出去工作，窩在公寓的房間裡，過著只是吃和睡的生活超過半年，我還是什麼也看不見。記憶中那個陰暗凝滯的房間依然拒絕著我，簡直就像自作主張地認定我是屬於光明這一側的生物一樣。

我以浮腫的雙腳往窗邊走去，拉開窗簾，強烈的日光瞬間爬滿眼底和整個房間，與姿勢性暈眩[2]相像的感覺讓我頭昏眼花。

我靠著窗框，白色的視野逐漸恢復色彩。即使只是稍現委靡姿態，房東太太也會毫不留情地剪掉花朵，因此爬藤玫瑰綠籬現在只剩葉片及藤蔓。那些綠也在陽光照射下變得乾燥，看起來發黑。外面似乎很熱。

我在簡易廚房中燒熱水，沖泡花草茶，這是朔少爺以德國洋甘菊為主調配給我的茶。他總是在我休假前一天交給我，一邊說著：「這幾天盡量避免喝冷飲。」

注入沸騰的熱水三分鐘後，透明的茶壺噗嚕噗嚕地變成淺黃綠色。一開始我完全喝不出味道，喝了一陣子之後開始能夠辨認出香氣，德國洋甘菊像青蘋果般清爽的甜味、柑橘和生薑些微的香味，最後是如針葉樹細長的綠貫穿鼻腔，就像朔少爺製作的香水一樣有著多層次變化。只要吸著霧氣，就會自然而然發出長長的嘆息。

下腹一陣鈍痛，我走到廁所去，白色的馬桶裡飄散著黑褐色的血。

我已經不覺得驚訝了。啊，果然如此，我心想。

這幾年我的生理期一直不準時，但只要朔少爺提議我休假的隔天，月經一定會來潮。在手腳還沒浮腫、身體還不疲累、倦意還沒席捲而來之前，朔少爺已經聞出了我身體的變化。我坐在馬桶上將手臂靠近鼻尖，但以我的嗅覺能力連睡覺時散出的汗味都聞不出來。

不知道朔少爺是體諒我的身體狀況所以讓我休假，還是因為他討厭經血的味道。不過我也沒想弄清楚就是了。

走出悶熱的廁所後，手機畫面出現幾則通知，大部分都是皐月傳來的訊息，皐月今天似乎也休假。一則「未接來電」通知被淹沒在「妳今天也休假的話一起出去玩吧」的歡樂成串文字中。

是媽媽打來的。下腹的鈍痛瞬間增加好幾倍。

我飲盡還熱著的花草茶，回訊給皐月，一邊伸手拿取裝飾在矮几上的全新草帽，我很喜歡上面寬幅的焦糖咖啡色蝴蝶結。雖然生理期滿疲憊的，不過至少今天還可以動。

我決定晚上再回媽媽電話，拿著草帽站起身。

皐月指定的碰面地點是位於街上十字路口一隅的藥妝店，露出大片肌膚的男孩

2. 症狀特徵為持續幾秒鐘的暈眩，和頭部姿勢的改變有關，像是彎腰、後仰、躺下，起床、翻身及突然轉頭等動作皆有可能會引起眩暈。

與女孩大聲笑鬧著從面前走過。年輕人們不顧慮周遭的嬉戲動作，讓我身體不斷往後退，直至手腕撞到被車輛廢氣蒙上一層灰的玻璃才終於意識到，人之所以這麼多是因為暑假的關係。

學生時代我並不喜歡暑假，不只是暑假，也不喜歡寒假和多日連假。對除了學校之外無處可去的我來說，假日是必須待在家裡、沉重苦悶的日子。

嘰咿，一聲久未上油的機械聲，濃厚的尿臊味掠過鼻尖，有一種經過收汁濃縮的汗臭味。旁邊停下一臺到處綁著捲成團的毯子和鼓脹垃圾袋的腳踏車，車旁有個男人，身穿沾染得烏黑且過大的衣服蹲在路邊，打結的頭髮和鬍鬚遮住了臉幾乎看不見；從鬆垮的衣領隱約可以瞧見如柴的鎖骨，身上有股長時間不曾洗澡的臭味。

往來行人的笑聲讓我全身僵硬，衣服被黏膩的汗水浸溼，這些汗和因暑熱而分泌的汗水不同。

這股臭味我有印象。

每當衛生習慣不好的臭味從哥哥的房間空隙飄出來，我總會背過身假裝沒發現，彷彿露出嫌惡的表情會傷害到他的自尊心一樣。

但其實不是。我是對嫌棄血親臭味的自己感到羞恥，所以只要像這樣聞到相似的臭味，我總會因起伏的情緒和羞恥感而全身蜷曲。

我轉身背向蹲在地面的男人，卻剛好吸了一鼻子行經身邊的上班族汗臭。汗溼又風乾的T恤、帶著酸味的體臭、頭皮的油味……順著不流通的空氣，我在擦肩而過的男性人群中，找到了不願回想起的哥哥的片段畫面。

我倉皇逃入藥妝店中，化妝品、芳香劑、清潔劑等人工香味隨著空調的冷氣一起向我吹來。汗水消退，身體表面一瞬間就冷卻了下來。

漫步在明亮整齊的店內思考著朔少爺的事，腦海中慢慢地染成一片深濃的藏青色。

——被永遠記憶下來。

朔少爺曾這麼說。這種永遠實在令人高興不起來，真想記得其他不同的回憶，但是人的記憶大概是無從選擇的。這麼說來，對朔少爺而言，身在充滿汗臭的人群中，和到處是人工香味的藥妝店，哪一個會讓他更有負擔呢？朔少爺優秀的嗅覺能力遠遠超出我的想像，我一點頭緒也沒有。

「一香，對不起！」

身後傳來活力充沛的聲音，穿著薄荷綠保齡球衫的皐月笑著說：「熱死啦～」她總是很有精神。

在皐月稱讚「草帽好可愛喔」之後，她看著我的臉問：「發生什麼事了？」沒有，我擠出笑容搖搖頭。皐月的直覺有點敏銳。

「只是睡太多了有點恍神。我們同時休假真是太好了。」

「是呀，不過妳每次都很臨時才決定什麼時候排休吧？是不是老闆說了什麼？」

她的直覺不只是有點敏銳而已，要是說生理期來時就會放假，感覺事情會變得很複雜。「老闆要去出差所以才這麼臨時。」我說謊了。對方不是朔少爺，不可能被發現，但我卻很緊張，說謊必定對身體健康有壞處。

皐月不置可否地發出嗯哼的聲音，然後盯著我。突然，她那強悍的眼珠咻地動了起來。

「啊，奧莉莎。」

她像被什麼人拉過去一樣，往唇膏海報靠近。

「聽說她是日法混血，超漂亮的，演技也很好。」

平日克己自律的皐月露出了小女孩的表情，英氣凜然又漂亮，同時也有嬌豔女人味的奧莉莎是她的理想。原本是雜誌模特兒，在知名電影導演發掘出演技潛力並獲獎之後，就開始演員事業，最近也在接演舞臺劇。皐月描述著。

「不接無聊的娛樂性節目，不廉價出賣自己、走實力派路線，就是這種態度帥呆了。」

確實是位美女，身材也非常好，不過她同時也是朔少爺最近不開心的元兇。

奧莉莎小姐是朔少爺的客戶，我曾經迎接過她幾次。她總是穿著運動服，像是在慢跑途中順道過來的，連帽衫的帽簷壓得很低，戴著深度近視的眼鏡，臉非常地臭。雖然不是驕傲自大的人，但音量小到幾乎聽不見，且完全不看我的眼睛。

奧莉莎小姐會和朔少爺兩人單獨關在會客室中，完全沒有傳出一丁點聲響。這段時間，我會倒茶給她的經紀人，是位個子很高，看起來很認真、散發出教師氣質的男性。「很抱歉，她是個很害羞的人。」他也真的像盡責的教師般為奧莉莎小姐的態度辯解。

想要成為朔少爺的客戶必須遵守幾項規定，其中之一就是不得向旁人提到「la senteur secrète」。不管是洋樓的位置，或是調香師朔少爺的事，都不能和他人談論。如果有想求香的人，必須透過新城聯絡。相對地，我們也有保密義務，「客戶和我們是藉由秘密牽起的關係。」朔少爺說。

而奧莉莎小姐破壞了這條規定，大約一個月前起，開始有年輕女性頻繁地來到洋樓，每位都五官端正，身材標緻，還有曾在電視或雜誌上看過的人。她們都異口同聲地要求：「請給我您幫奧莉莎製作的可以變美的香水。」當然朔少爺一概不回應，但他心情大壞，一星期前將玄關的門鈴給拆了。

也因此業者或物流人員必須在大熱天之下扯著嗓子大喊「你好～」、「有人在嗎？」雖然平常的朔少爺可以透過氣味立刻察覺到有訪客，但當他在調香時就會拒其他事物於千里之外，據說他心情不好的話注意力就容易渙散。

「欸欸，一香。」

皐月的叫喚讓我的意識回到現實，街上不論是空氣的氣味或景物的色彩感覺都雜亂喧囂，令我感到洋樓是個與世隔絕的地方。

「我剛才看網頁還有位子就預約了，妳覺得呢？」

她讓我看手機，畫面上滿是各種類型的水果，本以為是咖啡廳，沒想到是美容保養的網頁。「利用水果的天然能量變美麗」色彩繽紛的文字躍然於畫面。

「我前陣子在雜誌上看到的，妳可以陪我去嗎？」

「不去甜點吃到飽了嗎？」

「嗯，比起吃我更想變漂亮！」皐月握拳，抬頭看著奧莉莎小姐的海報。

她滿溢著想要變得更美一點的決心與興奮的表情，和前去找朔少爺的女性們重疊了，她們為了追求美麗，紛紛踩著高跟鞋穿越森林。

「好啊。」我笑著，瞬間閃過一絲異樣的感覺。

來訪洋樓的的奧莉莎小姐和她們的表情完全不同。

按照網路地圖，我們抵達的地方是大樓中的一間房間，比預期中更年長的女性穿著荷葉邊圍裙出來迎接我們。室內散發出鮮甜的氣味，到處裝飾著水果和堅果的裱框海報，抱枕和筆等小東西也都是水果圖案，繁複的色彩讓眼睛漸漸痠澀。

一開始對方先介紹她們使用的水果與堅果都是有機產品，她熱切地說明著不只是外敷，也建議食用水果餐，水果對消化系統很好，富含生命力，收成時也不需要扼殺生物。皐月問了幾個問題後，就選擇了使用新鮮水果的臉部美容，然後被帶往以簾子隔開的內部空間。

女店員說自己平常會吃水果餐，我很在意她頭上為數不少的白髮，是因為無法使用水果染髮，所以放著不管嗎？我內心這麼想，卻問不出口。當我看著有如冰果室菜單一樣鮮豔的課程一覽表時，「哎呀，妳的氣色不太好呢，用點紅色的水果增添活力吧。」女性這麼說。本想告訴她是因為生理期的關係，不過她已經起身消失在某個地方，錯過了回應的時機。

幾分鐘後，她端著倒了紅色飲料的玻璃杯回來，說這是紅石榴醋加氣泡水。醋和碳酸讓我有點嗆到，我趁著冰塊融化讓飲料變冰之前迅速喝下。

最後，我選擇了腳底按摩，用據說是將堅果打碎後製作的去角質霜搓掉腳跟的角質，再以萃取水果精華調製的保養油按摩。杏子、桃子、葡萄柚、覆盆子、百香果……水果的色澤確實是充滿活力，我選擇了香氣感覺最不濃烈的無花果。

按摩很舒服，我坐在可以伸直腳的單人沙發座上忍不住睡著了，等我醒來時，對方連手也開始按摩，「這是額外服務。」手指與手指間被輕柔按捏，我想著，為什麼朔少爺不願觸碰他人呢？他也有幫我製作身體乳液和化妝水，卻從不曾確認過我的皮膚狀態。

在等待皋月時，店員好幾次推薦我做指甲，我以會影響工作為由拒絕後，她又開始說明水果酵素飲。感覺好不容易放鬆的僵硬肌肉又緊繃了起來。

檸檬圖案的簾子被掀開，只畫了眉毛的皋月走過來，臉上閃閃發光。「我還做了肩脖鎖骨按摩。」她心情很好。

「臉好像小了一點。」

「真的嗎？我的皮膚變得很光滑喔。」她讓我摸了摸，指尖滑過如同去殼的水煮蛋般的肌膚，冰冰涼涼的。

「一香妳的手指有一股甜甜的味道呢。」

我顫抖了一下，會被朔少爺聞出來，不過休假還有四天。皋月毫不拖泥帶水地拒絕了各種推銷，結完帳後走出店外。搭乘電梯到一樓時天色已經昏暗，不知是否下過雷陣雨，溼熱的空氣撲面而來。

「好不容易弄得清清爽爽，這下又要滿臉黏膩了啦！」皋月哀號著。

我們隨意閒晃邊聊著美容工作室的話題。

「對了，店員請我喝梅子沙瓦，說是可以預防夏天的倦怠感。現在好像沒在賣梅子了，應該是之前醃好的。」

「我喝的是紅石榴醋。」

那好像也很好喝，皋月說。「有沒有變美是一回事，把錢花在自己身上很滿足呢。」她輕聲說道。

「嗯。」我點點頭。我想起很長一段時間沒有買衣服、化妝品，任由頭髮隨意生長的自己，或許她是出於擔心才邀我出門。

「肚子餓了。」我這麼向皋月說，她一臉開心地轉過頭來。

「頂著一張素顏能去哪裡？」

「燒肉之類的？」

「感覺好不容易做完的保養都要浪費了。啊～可是又好想吃肉！我是絕對沒辦法吃水果餐的。」

皋月邊說邊往鬧區走去。

「我們去吃肉吧，先從鹽烤牛舌進攻，然後是橫膈膜和五花肉，趁著剛烤好時放在白飯上……」

「停！別再說了！我是贏不了誘惑的！」

我聽著友人迴盪在黑暗中的笑聲，心想夏天的夜晚並不討人厭。

在蟬鳴聲的圍繞下，我走上通往洋樓的坡道，途中幾次脫下草帽讓悶熱的頭髮吹吹風。但只有這樣仍止不住汗，我決定放棄，再次往前走。

穿過高級住宅區，進入森林之後蟬鳴聲更加強烈，唧唧聲從頭頂傾注而下。我深深吸入帶著溼氣的土壤及植物的氣味，天氣變熱之後，森林裡的空氣便混合著如蜜般的香味。

「早安。」突然背後傳來聲音，一名牽著毛色光滑的長毛紅毛犬、小腹稍微凸出、約五十多歲的男子走上斜坡。大概是因為上下班時間和他早晚的遛狗時間差不多，我經常看到他。

「今天很晚呢。」

男子大步走進森林。我記得這裡已經是洋樓的私人土地了，如果是附近住宅區的居民應該都知道才對。為了不讓男子繼續深入，我在道路中央停下腳步，紅毛犬搖著蓬鬆的尾巴嗅聞我手上購物袋的味道，牠大概知道裡面有生火腿和雞絞肉吧。

「好像有一陣子沒看到妳了。」

「我休假了。」

「哦～有去哪裡玩嗎？」

男子非常會裝熟。「瑞蓮！」他突然大吼著罵了紅毛犬，似乎是因為牠想要將頭伸進購物袋裡。

「我沒有特別去哪裡。」這麼回答後，男子不知為何露出滿面笑容。「這麼年輕，沒有什麼興趣嗎？」他這麼說著，抓了抓從短褲中露出的滿是腿毛的腳。森林中雖然很涼爽，但近來有很多黑斑蚊，我也想早點離開。

「沒有耶。」我回答。只要老實回覆，句子就會越來越短，和像我這樣的人聊天應該不怎麼有趣，但該男子只要碰到面就會和我打招呼。

「那個，不好意思，我差不多……」我微微低了低頭。「工作要加油喔。」他將手放在我的肩膀上，從ＰＯＬＯ衫敞開的衣領間可以看到胸毛。

我在走到森林裡時回頭望，男子還在看著這裡，紅毛犬四處聞著傾倒的木頭下方。

朔少爺在餐桌旁喝著紅茶，新城也在，「不覺得這個茶有草味嗎？」他這麼說時表情皺了起來。廚房放著剛開封的大吉嶺春茶。

朔少爺穿著平日的寬鬆立領白襯衫，新城雖然把袖子捲起來，不過也穿著黑色的長袖襯衫，這兩人的穿著沒什麼季節變化。

走進六天不見的洋樓後，我意識到這裡有著清涼的香氣，空氣彷彿受到淨化般，夾雜著微苦的爽利氣味。不過，這個味道會隨著時間而習慣，然後從意識中消失。美容沙龍的按摩油甜香味遲遲沒有散去，我這時才明白好的香味是不會陰魂不散的。

新城看到我之後一隻手揮了揮，「一香小妹，幫我泡杯咖啡，這傢伙都不幫我泡。」

「自己泡，我不是很喜歡咖啡。」

「別人泡的更好喝嘛。看到一香小妹的臉之後肚子好像餓了起來，太熱了，我想吃點異國料理。」

朔少爺低頭往下看，「妳買到早上剛處理好的肉呢。」他看著我掛在手上的購物袋邊說，和剛才的紅毛狗一樣。「嗯，是呀。」我忍不住笑了。

「應該都包裝好了吧，真虧你分辨得出來。」

「只要包裝的手沾有肉的汁液就會染上味道。」

朔少爺直起身體，在椅子上坐正，這次目光朝向我的肩膀附近。

「一香小姐，妳剛才和誰見面了嗎？」

「帶著狗散步的人和我打招呼，我猜是下面住宅區的住戶。」

「名字呢？」

「不知道。」

「我想沒報上名字就跑來接觸的人不需要理會。」

我想起男子放在我肩膀上的手的重量，還有他溫熱的氣息。「咦？變態？」朔少爺無視拉高音量的新城繼續說。

「還有，妳用了市售的保養油？」

「你果然聞得出來，對不起。」

「不，不用道歉。只是生理期期間會比較敏感，盡量避開用不慣的東西比較好。這是葉片的味道？」

朔少爺難得地皺起眉頭像在探索什麼，味道應該已經變得很淡了吧。「蛤？什麼生理期，你又……」新城無力地垂下頭。

「我和朋友去了使用有機水果的美容沙龍，聽說是無花果。」

「那不是無花果喔。」

「真的嗎？」

我聞著指尖，當然已經聞不出味道了。

「無花果的天然芳香原料有強烈毒性，不會用於化妝品中，所以會使用綠葉香調加上椰子香氣以合成香料的方式重現，成為帶著青草味的奶香調。這個味道偏甜了點。」

「所以不是有機的嗎？」

「我想不是，天然芳香原料的價格昂貴，有些地方會造假使用合成香料。但也並非天然就絕對是好的，無花果就是一例，還有像是香檸檬[3]之類的精油具光敏

3. 原文為ベルガモット（bergamot），臺灣芳療界慣稱佛手柑。

性，暴露在紫外線下會造成肌膚損傷。不過店家若沒有說明這些，我想就是間不老實的店……」

「欸，我肚子餓了啦。」新城哀哀叫著。「吵死了。」朔少爺斥喝了一聲。

「妳去找源叔摘一些羅勒和辣椒。今天有雞蓉，來做打拋雞炒飯吧。」

「打拋雞炒飯？」

「就是羅勒炒飯，羅勒能夠幫助恢復精神，很適合夏天，還可以提高新城不足的注意力。」

新城嘖了嘖並站了起來，他應該是很餓了，踩著粗魯的腳步正要往玄關走去時，「新城，不可以。」朔少爺制止了他，「從後門出去。」他嘆了口氣。

「蛤啊～」嘴角叼著香菸的新城轉身，與此同時，傳來了拍打玄關門的聲音。

「有人在嗎？」還有女性的聲音。

「又來了。」新城煩躁地抓著頭髮，外面的聲音變成二重唱。「我們想要奧莉莎的香水！」兩人大喊著。

「唉～」新城也嘆了口氣，「我已經和奧莉莎斷絕來往了，不過還會持續一陣子吧。」他在菸上點火。「不愧是超一流的活招牌，畢竟女人對美沒有抵抗力。」

「是你對那樣的女性沒有抵抗力吧。」

「只要外表漂亮就夠了，這樣不是很正常的嗎？」

「我比較喜歡健康的女性。」

「就算再怎麼醜也可以嗎？告訴你，沒有女人會喜歡被這麼說。」

「……是這樣嗎？」

我這麼小聲說出口後，兩人同時看向我。「為什麼妳會這麼想？」朔少爺以平穩的聲音問。

「我覺得有些東西是無法靠美麗獲得的。」

「變美不是一種手段，它本身就是目的。」

新城立刻否定。被他這麼一說，我也開始覺得或許這才是女性的本能吧。

「不過美的標準是會改變的吧？說到底，真的有辦法靠香味讓人變漂亮嗎？」

「就是有辦法，所以奧莉莎才會是極品美女啊。」新城一臉嫌麻煩地吐出煙圈，然後有氣無力地往後門走去。

「在印度的古老神話中，」朔少爺開口。

「受傷的蛇蜷在白檀上治好了傷口。」

「白檀？」

「就是檀香。」

我想起讓人聯想到清風吹過青翠森林的香味。

「白檀是常綠芳香樹種，自古以來就使用在宗教儀式中，大家認為白檀的香氣具有治癒能力。事實上，好的香氣有放鬆精神的作用。」

玄關傳來源叔的怒吼，然後外頭突然靜了下來。聽起來源叔將女性們趕走了，但他的心情一定已經被搞得糟透了，本想前往菜園的新城一臉絕望地仰頭看著天花板。

「研究指出現在正是花期的薰衣草，其香氣具有鎮靜中樞神經的效果，以前在英國用來作為促進女性血液循環的藥。所以如果將健康定義為美，那麼利用香氣讓身心趨向穩定狀態以接近美是有可能做到的。只是香氣也是非常私人的東西，若是曾出現在記憶中的香氣，效果可能會很難顯現。對妳來說，薰衣草的氣味會讓妳想起過去的回憶對吧？妳會覺得放鬆嗎？」

「……我無法放鬆。」

沒錯吧，朔少爺似乎這麼說地點著頭。

「還有對香味的感受也會因為身體狀況而改變。」

「所以你到底想說什麼？」

正要在餐桌旁坐下的新城一臉無法理解的表情。

「用完餐後找奧莉莎小姐過來。」

「就算她再怎麼喜歡你調製的香氣，也不可能馬上挪出時間，她可是比不知世事的你想像的還要有名。」

朔少爺微微一笑。

「別擔心。只要說我願意再製作，經紀人立刻就會飛奔而來。」

如朔少爺所說，奧莉莎小姐的經紀人在接到電話後一個小時之內就到了。看起來很涼爽的直條紋襯衫規矩地紮進褲子裡，深深低下頭鄭重致歉的樣子，果然很像認真的老師。

他恭敬地遞出用老店製造的禮品巾包好的點心盒，這麼短的時間內他是怎麼準備的？新城不明所以地開心收下，知道裡面是羊羹之後，他明顯露出失望表情。

「給你們造成很大的困擾真的非常抱歉，奧莉莎說她沒有告訴任何人，但同經紀公司的其他藝人卻不知從哪聽說她用了這裡的香水。我代替奧莉莎致歉。」

他一副隨時就要跪趴在地的樣子。

等到他抬起頭後，朔少爺靜靜說道：

「我不需要奧莉莎小姐的道歉。」

「那真是……」

「因為散播謠言的人是你。」

新城噴出嘴裡的咖啡，「喂，你突然間說些什麼啊！」我把抹布遞給大吼的新城，希望他自己擦。

經紀人一臉困惑地笑了。

「那個，您似乎誤會了些什麼……」

「誤會的人是你。」

朔少爺毫不留情地打斷他。

「我想你身邊看到的應該都是想要變美的女性吧，不過奧莉莎小姐並非如此。她委託我製作的，不是變美的香氣，而是融入角色的香氣。」

「角色……嗎？」

經紀人瞪大了眼睛。

「對，她每次接到新的角色，在讀過劇本之後，我就會按照她的詮釋調配香氣。演蕩婦角色時，就用菸草的花和粉紅胡椒為基調製作辛辣的香味；演女學生的角色時，則以十幾歲酸中帶甜的體味為形象；上一次的戲劇背景設定在泡沫經濟時期，所以我用奢華的粉紅香檳混合頹廢的氣息。每一款味道都是為了能夠讓她發揮想像力，沉浸於角色之中所做，是不存在於世上的人的香氣。她不僅是漂亮而已，還希望能夠以演員之姿走在美的尖端。」

新城站到會客室門前，像是要擋住去路一般。看到這幅景象，原本已要站起身的經紀人似乎放棄抵抗地垂下肩。

「不過，你還追求奧莉莎小姐美貌以外的東西。你以為只要散播謠言，切斷與我之間的聯繫，她的名氣就會下滑，回到你的身邊對吧？一開始來這裡時，你們是男女朋友吧。」

「對。」幾乎快消失的聲音從他口中溢出。

「自從來這裡之後她開始受到歡迎，變得越來越漂亮……」

「那是奧莉莎小姐努力的成果。」

如此斷言之後，朔少爺從胸前口袋拿出銀框眼鏡。

「只是奧莉莎小姐的委託內容是我和她之間的秘密，透露給你知道是違反保密義務的行為，因此現在我要和你做秘密交易。」

他的臉上露出困惑之色。朔少爺不改其沉穩的語調請他喝茶，因為經紀人沒有反應，於是我撤下冷掉的紅茶，從壺中重新倒了一杯。

「老實說我不是很能夠理解美這件事。無論外表看起來如何賞心悅目，只要散發出不健康的生活臭味就會給我不好的印象，我不會被健康狀態不好的人吸引。而且美這件事每個人的看法都不同，是很抽象的東西，或許醜陋反而更具體。」

「這是什麼意思？」

「意思是我可以製作讓她容貌衰敗的香味。這很簡單，只要經常使用讓交感神經過度活躍的香水或身體乳，就會抑制副交感神經運作而失眠，精神和皮膚會馬上大亂。你應該聽過『香害』這個詞吧，即使是好聞的味道，一旦太過強烈也會帶來壓力，自律神經很容易因為壓力而失調，這樣的話你的心願不就可以達成了？除了你沒有人需要醜陋的她。只要你希望，無論什麼香味我都能調製。」

一陣沉默。新城和經紀人都不發一語，只有窗外的蟬鳴聲事不關己地迴盪著。朔少爺帶著灰色的眼神開始迷離，他一個人微微笑著。

「那麼，你要怎麼做？」

藏青色的嗓音緩慢地飄進耳中。

洗完訪客用的餐具後，朔少爺來到廚房，交給我明天早上的購物清單。

新城剛才已經回去了，今天朔少爺大概也會讓我走了。

太陽才剛開始偏移，不過當朔少爺要進入耗時的作業時，就會這樣讓我早點回家。我只要說完「今天辛苦了」，他就會很乾脆地轉身說：「嗯，謝謝。」

我想要詢問奧莉莎小姐經紀人的事。

當朔少爺問完問題，經紀人將手放在腿上好一段時間，一動也不動，連眨也沒眨幾下眼，彷彿硬化成了雕像。終於，他搖了搖頭，左、右，各一下。「我做不到。」他低下頭，然後不斷重複著「我很抱歉」，回到了身為演員的前女友身邊。

朔少爺答應會和以往一樣幫奧莉莎小姐製作香氣，之後便一語不發。朔少爺看起來像是放下了心，也像是失去了興致。

我在經紀人拒絕朔少爺的提議時鬆了一口氣，不是為了經紀人或奧莉莎小姐，而是不希望朔少爺的香氣是為了傷害他人而存在。

但是，我不懂經紀人真正的想法。他是說謊了？還是真的打從心底反省？這只有朔少爺才知道。只要朔少爺不願告訴我真相，我們就無法共享安心或幻滅，之後新城似乎有些顧忌地離開，或許也是因為這個緣故。

我走在森林中想著這些，從林木間灑下來的斜陽太過熾熱，照得臉頰有些疼痛。總覺得被夕陽曬傷好像有點不划算，我離開道路躲到樹蔭中，踩著腐植土前進。感覺在森林裡，夜晚會從腳邊開始出現。

突然，有狗向我吠叫，我看往道路的方向，早上那隻紅毛犬正搖著散發出光澤的尾巴。身旁的男子因為逆光看不清表情，他似乎有點喘。

「今天很早下班呢。」

男子踩入腐植土想要過來，微胖的身軀搖搖晃晃地站不穩，千鈞一髮之際他穩住身體，「喂，我說妳，就不能來扶我一把嗎？」他帶著責怪的語氣說。

「對不起。」總之我先道歉，只要先道歉了，話題就會停止。我繼續邁開步伐，男子也跟著我平行前進，他從林木間偷覷著我的臉，問著：「要不要走這裡？」

「沒關係，不用了。」在我這麼回答幾次後，男子撫摸紅毛犬的頭。

「瑞蓮是隻獵犬喔。」

他的聲音裡含有令人不舒服的語氣，我停下腳步。

「妳走那邊的話我就讓牠去咬妳喔。開玩笑的啦。」

一點也不好笑，他卻晃著肚腩大笑。紅毛犬天真地伸出舌頭，每一次呼呼吐氣時都隱約可見白色的利牙。我的背脊一陣發涼。

「很熱吧，要不要到我家喝杯啤酒？來嘛，過來這邊。」

粗壯的手指揮著，我的太陽穴瞬間發寒。好可怕。但我還是不要開口惹怒他比較好，只要離開森林就是住宅區了，有其他人在，他應該不會做出詭異的行為。只要一路上和他閒聊，想辦法拖延時間走到那裡，總會有辦法的。

正當我想要回到道路上時，紅毛犬倏地抬起頭，穿著白色服裝的人跑了過來。

「朔少爺！」我高聲呼喚，紅毛犬對我的大喊產生反應，狂吠起來。男子一邊輕浮地笑著，一邊拉緊紅毛犬的牽繩。

「那，下次見。」他正想離開時，趕過來的朔少爺制止了他，「請留步。」整理好呼吸之後，朔少爺筆直地看著男子。

「她做了什麼嗎？」

「沒有，我們只是在聊天。」

「不過她很害怕。」

男子裝模作樣地聳了聳肩。
「那我就不知道了，我只是想和她閒聊而已。」
「一邊發情一邊閒聊嗎？真有兩把刷子。」
「什麼？」朔少爺的話讓男子變了臉色。
「你以為沒有人發現嗎？這一帶可是充滿了濃烈的氣味，你想任憑己意玩弄她的、充滿慾望的氣味。她是我的員工，可以請你不要將性慾發洩在她身上嗎？你每天早上都為了等她而出門散步吧？我是不知道你從哪裡開始注意到她，不過你要是再騷擾她，我就報警了。」
男子的臉紅得發脹，然後變得陰沉。
「你這是故意找碴，我要告你誹謗！」男子噴著口水怒吼。
「那是你的自由，只不過這裡是私人土地，你這樣會變成侵入住宅罪喔。」
朔少爺淡淡說道。
「全部都被監視攝影機拍下來了。」
很明顯地，這麼一句話就讓男子面無血色。
「她離開之後你……」
「我知道了！知道啦！」男子大叫著打斷了朔少爺的話。「我不會再進來這裡了。我不知道是私人土地，對不起。我發誓，不會再來了。」

男子慢慢地往後退，朔少爺向他伸出一隻手。

「保險起見，可以要一張名片嗎？」

男子露出絕望的表情，慢吞吞地從屁股口袋掏出皮夾，從中抽出一張名片。接過來的朔少爺靜靜地笑了。

「真是不乾不脆的人呢，這不是你的名片吧。」

在夕陽餘暉照耀下，朔少爺的茶色短髮閃爍著金色，肅穆的側臉有著令人敬畏的神情，男子自暴自棄地拿出自己真正的名片。

看著男子和紅毛犬離開之後，朔少爺帶著我回到洋樓。他讓我坐在餐桌旁的椅子上，從二樓拿了瓶酒下來，上面貼著像是手寫的標籤。

「妳可以喝酒嗎？」

「一點點沒關係。」

「這可以舒緩緊繃。」他這麼說，將粉紅色的濃稠液體倒入玻璃杯後，再加滿氣泡水，有著蕾絲花樣雕刻的骨董玻璃杯「啵啵啵啵」地冒出小泡泡。甘甜，又帶有如花般的芳香，腦海中染上整片淺桃色，感覺連呼氣都有香味。

「好像花蜜。」

「這是德國三百年前製作的利口酒，採用天然植物為原料，完全不加香精和色素。」

對話中斷。「等妳鎮定下來之後我再叫計程車。」朔少爺一臉歉疚地說。

「沒關係，不過朔少爺你也說謊了呢。」

我發覺打從在森林時我就不再稱呼他為「老師」而是「朔少爺」，不過我沒有修正回來。

「妳是指監視攝影機嗎？」

「對，一聽到監視攝影機他的態度就變了，他在森林裡做了什麼？」

「他在自慰，就在和妳說完話之後。不過我想說出來的話他很可能惱羞成怒，所以話到一半就收回了。」

我思索著合適的言詞和反應，最後只說了：「這樣啊。」

「不過他將妳當成發情的對象，也代表妳現在看起來已經是有生殖能力的健康之人了，雖然這大概稱不上安慰。」

「對呀，根本不成安慰。」

會插話吐槽的新城不在真讓人傷腦筋，我決定啜飲一口如花般的飲品後忘掉這件事。

「明天起可以搭乘大眾運輸，雖然公車只到斜坡路入口。」

「是因為我變健康了嗎？」

「是呀。」朔少爺點頭。

「據說狗呢，只要聞了其他的狗撒尿做的記號就可以知道很多事。例如那隻狗的性別、年齡、健康狀態、吃過什麼東西、是否在發情期。氣味就是資訊，不會有所隱瞞。」

朔少爺張著沒有焦點的雙眼說。

「為什麼人類會想要隱藏欲望呢？連對自己都要說謊。」

經紀人和剛才的男子，他是在說誰呢？或許那兩人都是吧。

「一定是因為……」我輕聲說。

「他們的心中有一座森林，在深入林中埋藏欲望時，連自己都迷路了。」

朔少爺露出不可思議的表情。這個人的心之森林大概沒有善與惡，而是明亮並充滿了美好的香氣吧。

「如果可以不需要隱藏欲望，原原本本地接納就好了，但或許是為了追求類似理想的目標，而開始說謊。」

「像是美的意識之類的？」

「對。」

「我倒是覺得不需要活得漂漂亮亮也沒關係。」

這麼說完，他在自己的杯子裡倒入利口酒，舔舐般直接啜飲著原液。

我看出去，菜園彼端的天空是深色的粉紅，上方的天空還殘留著藍，雲層是淡紫色，簡直是夢幻景色。

「朔少爺，玫瑰色。」我這麼說完，他瞇起了眼睛，「真的呢，像是倒入了粉紅酒一樣。」

「真奇妙呢，妳經常看見的爬藤玫瑰應該是深紅色的，但為什麼妳會把這個顏色形容為玫瑰色呢？」

「這麼一說真的是呢，同樣是玫瑰也有很多種顏色。不過大概就像明明有綠色的檸檬，但說到檸檬色還是會先想到黃色一樣吧。」

「人對美麗的看法一定也是這樣。」朔少爺輕聲道。

「在腦海中有著某種自己認定的形式。」

形式，我思考著。我有爸爸也有哥哥，但他們都像是徒有其名的空洞般存在。在那空洞中只有期待不斷膨脹，最終沒能開花便枯萎消逝。

我和男性相處時從不曾像現在這樣心緒平靜，這種感覺很奇妙，但又像胸口塞滿了棉花般輕飄飄，也許是花香讓我醉了的關係。

我被柔和的睡意纏繞，默默地看著玫瑰色的夕陽。

5

Spicy Note

每一次雨淅瀝嘩啦地落下來，傍晚就會越來越舒適。

夏季間抽高的雜草，上頭的露水沾溼了鞋子，我在寂靜的空氣中走向洋樓。穿過森林時身體還是會一陣緊繃，不過牽著紅毛犬的男子不曾再出現過。

早上只穿短袖，開始會覺得有些涼意，我將手伸向葉間灑下的透明陽光，手臂因為通勤和菜園的工作而曬成了小麥色。

這都是因為朔少爺討厭市售防曬乳的味道，他毫不間斷地提供我香草香味的驅蟲噴霧、皮膚曬到發熱時擦起來很舒服的化妝水、對修復紫外線損傷很有效的胡蘿蔔浸泡油等夏日保養用品。不僅如此，最近他大約一個星期就會調配一次頭髮及臉部保溼用的泥膜給我，「要做好預防夏日乾燥的保養。」朔少爺這麼說。但就只有防曬乳，像是連它的存在都不承認一樣，默不吭聲地無視。

多虧那些保養品，我才能在皮膚不乾燥粗糙、不長黑斑的情況下，曬出均勻的小麥色。

記憶忽然閃現。

我在追著某個人的背影。那是還很年幼，背著過大的黑色書包的哥哥，他指著高大的向日葵，像是烤好的鬆餅般的肌膚，散發出混雜著太陽與汗水的味道。他轉身，向腳步比較慢的我伸出手。

已經忘得乾乾淨淨的回憶中的臉，讓我停下了腳步。

我以為他一直是個封閉在自我世界裡的人，那是被戴上眼鏡以後的印象覆寫的記憶。不知從何時起，哥哥不再看著家人的眼睛，不久後連口都不開，只對電子螢幕產生反應。偶爾從門縫間窺見的手臂又細又瘦，白得近乎透明，因此我以為他一直是如此蒼白。

原來也曾有過那樣的時光。是我這被曬黑的肌膚讓我回想起來的嗎？我將鼻子靠上去聞，但還是聞不出自己的味道，只有驅蟲噴霧中香茅清爽的香氣。

假如他也能過著這樣的生活，結果是否就會不一樣了？

腦海中浮現想了也沒用的假設，我急忙仰頭看著上方。早晨陽光包覆下的森林很安靜，我吸了一口帶有青苔與泥土味的溼潤空氣進入胸口，枝葉上四處可見青綠色的殼斗科果實。是橡實嗎？或許也有栗子樹。發現自己很期待接下來的季節，讓我鬆了口氣。

我將包裹全部放進購物袋中，推開老舊的大門。像在數著踏響石板的清澈聲音般往洋樓走去時，源叔從菜園走過來。

「早安，小姑娘。」爽朗打招呼的源叔棉布手套上已經沾滿了泥土，夏季期間源叔起床的時間越來越早，在中午之前就幾乎將工作做完了。他提起裝在籃子裡堆成小山的通紅番茄。
「這個妳可以幫我想辦法嗎？」
菜園裡還有許多番茄，不是正在茂盛地由綠轉紅，就是一朵接一朵地開著黃花。
「早安，還真多呢。」
我接下沉甸甸的籃子，番茄多到吃不完，那就趁著剛轉紅時，熟成煮成醬裝瓶，儲藏室的架子已經有一整排被大紅色的瓶子塞滿了。
「夏天時它們很努力地結果，我想也差不多該讓它們結束了，這應該是最後一次收成，我要讓它們保留過冬的體力。」
「我以為番茄是一年生植物。」
以前媽媽在陽臺的花盆中種過細弱的小番茄。
「那是因為番茄很不耐寒，不過這個城鎮吹著溫暖的海風，它們又很健壯，只要細心照顧明年還會再結果。是不畏艱難，好吃的果實喔。」
源叔將頭轉向菜園，溫柔地瞇起眼睛。每當談及植物時，他都像疼愛孫子的好爺爺一樣。
我想起朔少爺所說的「夏日乾燥」，或許對朔少爺來說，我就像園子裡的植物，我感覺到自己被細心照顧。

當我噗哧一笑時，源叔的眼角擠出了魚尾紋。

「小姑娘，妳現在變得很健康了呢。」

這是好事，他點了好幾次頭。

我看著源叔踩在石子路上回到菜園的背影，心想，希望我也能在這裡過冬。

原以為這是和平常無異的早晨，但洋樓的門一關，瞬間就迎來緊繃的異樣感。莫名的寂靜，彷彿走廊、天花板和牆面都陷入了沉默的閉塞感。我呆立在玄關，幾秒後才發現空氣不流通。

大概是因為平常朔少爺都會一大早就開窗通風，但是今天的空氣中還殘留著昨天沉重的熱氣，凝滯混濁。

每天早上都會放在餐桌上的紙條也不見蹤影。

廚房在我昨天整理之後，也沒有其他人使用過的痕跡，流理臺已經完全乾了，冰箱裡的食材也沒有人動過。雖然專注在工作中時，朔少爺不吃東西也是常有的事，但我心中有股不尋常的躁動，我打開後門的門，朝菜園大叫。

「源——叔！」

源叔站在茄子植栽旁，一臉驚訝地轉頭。

「哎唷，怎麼啦？難得妳會這樣大喊。」

「你今天有看到朔少爺嗎？」

「沒有。」他搔了搔鬍碴，「他昨天和吵死人的新城出門了，會不會是還在睡覺？」

對喔，昨天朔少爺說要去協助新城的工作，所以讓我提早離開，也許他出門後還沒回來。只是從來不曾發生過這樣的情況，我無法想像如動物般敏感的朔少爺會睡在自己家以外的地方。

雖然我的嗅覺不如朔少爺敏銳，耳朵也不是特別靈敏，但從肌膚可以感受到這個家中沒有朔少爺的氣息，或許是因為我每天都會整理的關係。

我走上二樓，穿過擺滿了無數香料瓶和機器的工作室，敲了敲寢室的門。沒有回應。我輕輕打開，鉸鏈發出嘰咿聲。該上油了，我心想。

寢室裡寂靜無聲，床上沒有一絲縐摺。

果然，我這麼想著，愣在原地。我環顧這個狹小的房間，房內只放了一張用來代替矮桌的木椅和單人床，連窗戶也沒有，只是提供睡覺所需的黑暗，樸素的房內空無一物。昨天我整理好的床依然保持原樣，安靜無聲。

我從口袋中拿出手機，撥出號碼。我從不曾打給朔少爺。電話不通，鈴聲響都沒響，他關機了。

我思考了一下，拉開薄被，為了讓自己冷靜，我必須做點什麼。我穿過工作室，從二樓的其他房間走到陽臺，晾曬枕頭和薄被。有點勉強地將床墊也搬過去，用薰衣草細枝輕輕拍打除蟲。天空很藍，天氣很好。

回到一樓時，聽見了笨手笨腳打開物品的聲音，新城正奮力和上下提拉窗搏鬥。

「早安。」

我出聲打招呼，他狼狽地看著我。

「請等一下。」我從房間末端依序打開窗戶，風吹進來，家裡的空氣有了些微改變……我還沒空這麼想，新城就點起了菸。

「妳都還來不及換衣服，真是抱歉噢。」

他斜眼瞄了我一眼，難得地說了不尋常的話。我忘了換上工作用的襯衫洋裝和圍裙了，我果然很驚慌。「不會。」我深吸一口氣。

「我聯絡不到朔少爺，你有頭緒嗎？」

新城移開了視線，發出無法辨識是「啊」還是「唔」的聲音，他反向坐在餐桌椅上，下巴抵著椅背，輕佻地笑著，「要不要來吃早餐？」

「少了雇主的指示就不端茶給客人喝了嗎？」

新城一臉受不了地搔著頭，他抬眼看著我。

「妳要冷靜聽我說喔。」

「好，我很冷靜。」

「朔被警察抓了。」

嘎吱，新城的椅子發出摩擦的聲音。

「妳真的很冷靜呢，一香小妹。」

我在大鍋子前咕嘟咕嘟地煮著番茄糊，來到廚房的新城這麼說。他擅自切了前天朔少爺烤的迷迭香起司麵包來吃，朔少爺很擅長揉麵糰。

「哦，這個不用抹任何東西就很好吃了呢。妳在煮什麼？」

「番茄醬。」

我在鍋中加入紅酒醋，將孜然籽、芫荽籽、芥末籽放在研磨缽中搗碎。

「哦～妳會做番茄醬啊。」

「對。」我邊動手邊回應，這是之前從朔少爺那裡得到的食譜。

「朔少爺曾說味道太強烈了，要我趁他外出不在時做好，今天剛好是個好機會。」

「這種時候妳還是如此認真呀。嗚哇，氣味真的刺到眼睛了。」

新城這麼誇張地說著，離開了廚房。但因為他還將麵包連同砧板、菜刀一起帶走，於是我阻止他：「那可不是點心。」結果他回道：「那妳幫我煮顆蛋之類的吧。」無奈之下，我煮了蛋，再切碎葉菜，用番茄和茴香及雞胸肉做了沙拉。番茄醬加入香料粉後，必須再煮約三個小時入味。

我決定也休息一下。最近朔少爺會將早上鮮摘的茉莉花這種白花和綠茶一起沖泡，在又甜又香的早晨，柔和地笑著說：「這才是真正的茉莉花茶唷。」我不這麼做，改以柑橘香味的香草泡茶，香草水潤的香味能夠安撫心中紛亂的不安。

——香味是再次啟動的開關。

朔少爺曾經這麼說過。據說有實驗結果顯示，讓受試者聞了水果或植物新鮮的香氣之後，不安和疲勞的數值都降低了，香氣可以喚醒因為驚嚇或壓力而陷入當機狀態的大腦。

剛才在菜園摘香草時聽新城說了事情的來龍去脈。

源叔嚷著吵死了，跑到樹木園的木屋去了，他似乎毫不在意朔少爺至今未歸的事。

昨天傍晚，兩人走在東京都內大學附近的林道，那條林道一直通往學校的後門，是校內相關人士用來通勤的道路。到了楓紅時期，整排的銀杏樹會轉換成壯觀的金黃色，成為情侶們散步的好去處。不過現在還沒什麼人，暑假剛結束，學生也還不多。

新城在尋找失蹤的二十三歲女性，名字是美結，委託人是她的父母。根據他們的說法，美結小姐這幾個月頻繁外宿，也開始打扮自己。他們家似乎家教很嚴格，在父母質問美結小姐之後她就離家出走了，這是兩週前發生的事。

「總之呢，我想大概是發生不倫關係之類的吧，但又不能告訴父母。」新城把燒短的香菸按在土中熄滅，一邊這麼說。要是被源叔發現，一定會殺了他。

「只是離家出走兩個星期就要雇用偵探，我本來還想說會不會過度保護啦，結果好像是已經有人來提親了，所以希望在出事前將她帶回家。這個年代還有這樣的家庭啊？反正呢，費用還不賴我就接下了。」

美結小姐是大學的行政職員，從一星期前就開始未告假缺勤。她是位個性認真的女性，週間一整天只會來往於家中和職場；假日也是和女子短期大學時代的朋友出遊，或是前往國中開始持續到現在的書法教室上課。新城推測她的對象是職場上的同事，想靠朔少爺的嗅覺鎖定目標，於是兩人埋伏在美結小姐通勤時會使用的道路。

據新城所說，當他接到外遇委託，在無法鎖定對象的情況下，經常會借用朔少爺的能力。具有肉體關係的男女身上會沾染對方的體味，或是女方使用的化妝品、香水味會附著在男方身上，只要朔少爺的鼻子出馬，就能夠正中紅心，剩下的只是蒐集證據，或是來個現場人贓俱獲即可。如果只是一味地跟蹤，有時候會被跟蹤對象發現，但借用朔少爺的嗅覺就可以一口氣鎖定對象，工作也可以早點結束。更重要的是，朔少爺聞得出要去見有肉體關係的對象時的興奮氣味。

在林道間來回踱步幾次之後，朔少爺停在了銀杏樹的陰影處，他瞄了一眼在大學校園建築旁說話的女孩子們。

「雖然極為稀薄，不過從她們身上傳來味道。還有那邊也有。」

林道的另一端是街友的紙箱屋。要找街友還是女大學生？煩惱之後兩人決定兵分兩路。

「要是讓他去向女大學生問話，一定會鬧成變態騷擾事件。」新城自言自語著。

其中一名女大生身上有美結小姐借她的手帕，她在廁所貧血時美結小姐曾幫她擦冷汗，她想要還給美結小姐所以帶在身上，女大生這麼表示。

同一時間，朔少爺則和街友們打聽，因為傳來笑聲，他們似乎聊得很開心，新城也就放心交給他了。可以看到一名街友從紙箱屋中不斷拿出肩背包或後背包，朔少爺指了指其中的一個名牌包。

這時不走運的是，剛好有警察路過。

「我心想大事不妙、跑過去時已經來不及了，聽說學校這陣子發生了好幾起偷竊案。」

據說朔少爺很肯定地告訴警察，街友手上的包包不是偷來的贓物，那些東西全都散發出曾被丟在地上或垃圾場的氣味。只是他說，這一個或許是熟人的東西，所以想拿走很可能是屬於美結小姐的包包。

「結果，就吵起來了。」新城嘆了口氣，「而且包包裡還放著胸罩和內褲，於是朔就和街友們一起被帶走了。」

「可是……」

「還有，我完全忘了一件事，我讓他帶著委託人給我的美結的背心小可愛。妳想想，他不是說過接觸過皮膚的東西比較好嗎？結果那是上面有蕾絲，看起來就像內衣的小可愛。」

「那不就……」

「嗯啊，被誤認為是內衣大盜了。」

新城用力地搔著頭，「真的太熱了。」他站起身，踩著源叔剛拔完雜草的土地往後門走去。

我在腦中邊念著檸檬香茅、檸檬馬鞭草、檸檬香蜂草、檸檬薄荷，邊摘下有柑橘氣味的香草。

每當拔下水嫩的葉片，就會迸發出清爽的香氣，我祈禱著這股香味可以稍微拂去朔少爺的災難，在天氣晴朗的菜園中彎下了身。

我將泡了香草茶的茶壺和新城的輕食端到餐桌上，急性子的新城狼吞虎嚥地馬上掃光餐盤。

廚房飄來混合了香料與酸味的濃郁氣味。

「總之，只能等了。對方是警察，胡攪蠻纏也不是辦法，警方內部也是有對我們友善的刑警，只要他出面應該很快就擺平了。」

「有可能會搜索這裡嗎？」

新城偏了偏頭。

「這個嘛，也不能說完全不可能。」

我喝了一口淡黃綠色的香草茶，因為口中又乾又澀。

「那些內衣褲是美結小姐的嗎？」

新城停下了撕扯麵包的手。

「我想，應該是吧。總之我趁亂拍下了包包的照片給委託人確認過了，看來是美結小姐的東西沒錯，這樣的話，內衣褲也很有可能是她的東西。她可能捲入了什麼社會案件中，所以我已經和警方報備過了。」

微妙地欲言又止的感覺。

「你之前說沒有報案對吧？有什麼應該先收起來以防萬一的東西嗎？」

「啊……這個嘛……」

心不在焉的反應。「份量不夠吧，我來煮點義大利麵吧。」我正要離開座位準備時，新城小聲說道：

「朔應該已經知道了。」

「知道什麼？」

「如果那是美結的內衣褲，不管她是自願還是非自願脫下，她當下會處於怎樣的狀態？但是說了也不會有人相信，所以才被拘留這麼久。」

「你很擔心他吧。」

「蛤？」新城勾起嘴角笑了，「我是想說他應該已經受不了那些笨蛋搜查人員了吧，他個性那麼差，感覺會給他們找很多麻煩。」

他沒有直接回答我的問題，卻又接著張開了口。

「畢竟，我認識他很久了。」

喃喃說完這句話後，他陷入沉默。不說話的新城有點可怕，那是和朔少爺不同，有著粗暴氣息的可怕。朔少爺的可怕，該怎麼說，是怕被他看穿的可怕吧？一旦被那迷離的帶灰目光盯著看，感覺就像全身赤裸著被帶到某個再也回不來的地方一樣。

「我去泡咖啡。」「啊，先不用。」新城伸手拿了我的杯子喝起了香草茶，我離開位子拿出新的茶杯。一坐下，新城就點起了菸。

「我和他以前住同一個社區。」

他緩緩吐出白色煙圈。

「幼兒園也同一間，他從那時開始就很怪了，平時沒有任何反應，只是張著眼睛，一動也不動。和他說話他只是不斷發呆，要是推他，他就會一直倒在地上。午餐也是，老師不餵他他就不吃，總之不下指令他就不會動作。我們一開始會捉弄他，但久了沒有刺激感，就停手了，他總是待在教室一角完全不動。」

黑色的眼珠盯著飄飄裊裊的煙，像是那裡畫有過去的某些事物。

「在社區裡見到他時，也總是坐在樓梯上發呆，我也和他一起坐著。那是棟牆面單薄的建築物，坐在樓梯可以聽見各個屋子傳來的生活雜音，如果集中精神在聲音上，感覺自己就會消失，只剩下耳朵跑過走廊，『砰砰砰』地開門進入不同的房子一樣。我想他也是這樣沉浸在幻想中吧，不過大人們似乎認為他有智能障礙，小學時好像是念特殊班，他的教室離其他人所在的校舍很遠，是所有學年一起讀的別館教室。」

我想像著小時候的朔少爺，不過和現在沒有什麼差異。茶色短髮、眼神迷離、安靜的男孩，加上寬鬆的白襯衫，只有聲音想像不出來。

「我不知為何很在意他，有時候會去找他，偶爾會一起回家。忘了是不是杜鵑，我跟他說這個可以吃、讓他吸了花蜜以後，從此他就一直到處拔葉子或花，就算叫他別再拔了他也不聽。變成這樣之後，我就只能靠蠻力拉他回家。這樣的他有一天，突然開口說話了，滔滔不絕沒有任何停頓，也叫得出我的名字。不只如此，他的記憶力莫名地好，幼兒園的事幾乎全都記得，功課也完全沒問題，所以就轉到我們班上了。」

「突然之間嗎？」

「大概是出現什麼契機吧，開關被打開了。我在想會不會是之前資訊量太龐大，處理不來的關係。」

「資訊？」

「氣味的資訊。想想看，眼睛沒辦法將所見的一切都記下來吧，會在無意識中屏除可能不需要的東西，其他的感官應該也是這樣吧？他的嗅覺可是好到堪稱異常的程度。等到大腦終於有辦法整理不斷湧進的龐大資訊後，才開始能夠輸出，我是這麼想的。妳想，現在有時候不是也會這樣嗎？太過專注在味道中，結果意識不知神遊到哪去。在社區的樓梯上，我以為他和我感受到的是相同的世界，但其實是差了十萬八千里吧。」

我想起朔少爺的銀框眼鏡，那副在和客戶談話時會從胸前口袋拿進拿出的眼鏡。說不定，那是用來切換嗅覺和視覺的工具。

「即使到了現在，他還是記不住別人的長相，就算給他看照片也判斷不出來。他啊，就算是超近距離也幾乎不看別人的臉，有時候會因為先接收到氣味資訊，導致沒辦法充分接收視覺資訊。」

他看著我的臉嘲諷一笑，「妳想啊，他之前不是說女人不是看臉的嗎？」

「那是……」

「因為他對人的長相沒有興趣的關係吧，對他來說相較於嗅覺，視覺是太過不可靠的感官。不過呢，自從他開口說話以後，就變成一個和普通人沒兩樣的孩子。」

新城在「普通」兩字刻意放慢了速度。

「不過，有個問題。」

「問題？」

「嗯，雖然對他來說大概不是什麼問題。他可以聞出別人在說謊的味道，就算是無傷大雅的謊話他也會揭穿，不帶任何惡意地直指對方的真實想法。雖然他現在個性彆扭，有明顯的意圖也會有惡意，不過小時候天真無邪的直話直說總是很傷人。不用多久他就被同學排擠，老師也討厭他，所以就拒學了。」

拒學這個詞讓我打了個寒顫，若是朔少爺應該會察覺到我的變化，不過新城點起第二根菸繼續說道：

「我也覺得有點不舒服，本來安安靜靜的傢伙突然變得很聰明讓我害怕。老實說，我開始躲他，這個態度他也感受到了，就算不說出來他也能明白別人的狀態，不管是身體狀況或是情緒，但是他的狀況別人卻接收不到，無法理解。」

他長長地吐出一口煙，一臉好想喝咖啡的苦澀表情。

「因為他什麼都不說。」

「發生了什麼事嗎？」

一陣沉默之後，「該說是長期忽視，」他勾起嘴角說。

「還是棄養？因為很久沒有聲響，擔心的鄰居報警之後，才把他從堆滿垃圾的屋子裡救出來。他爸一年前去找情婦之後就不再回家，媽媽積欠了超過半年的房租還丟下他逃跑了。聽說被發現的時候，他的體重只有十五公斤，那時他都小學二年級了。」

心臟痛得有如遭細金屬刺穿一般，呼吸越來越困難。新城銳利的雙眼皮眼睛窺探似地看著我，我不知道該說什麼才好。

「妳不說聲『太過分了』嗎？女人都喜歡同情吧。」

新城的表情奇妙地緊繃了起來並笑著。

「他並沒有受到拳腳傷害，他媽好像只是裝作他不存在而已，無視他，當作沒有這個人。她大概是有很多不想被看穿的心事吧，明明是有血緣關係的親人。」

「……就是因為有血緣關係。」

「蛤？」煙霧從新城半張的口中飄出。

我沒有回應，我沒有辦法再深入說下去，丟下孩子不管真的很過分，如果我能這麼說就好了。但我也是一直裝作沒有看見，長時間關在房間裡的哥哥毫無疑問地是我的家人，可是我和遠親說謊，對朋友也隱瞞他的存在，和他有血緣關係讓我感到羞恥。我根本沒有資格責怪朔少爺的父母，因為如果我是他的家人，說不定我也會拒絕朔少爺的存在。

「之後朔少爺怎麼樣了？」

「聽說被送到育幼院去了，這對還是小孩子的我來說，感覺就像他去了國外一樣遙遠的地方。」

「你去找他了嗎？」

新城突然撇開了頭，「算是吧。」他把腳蹺在餐桌上，坐著兩腳椅搖來晃去。

「在我自行開業之後。正因為我做的是徵信業，所以，怎麼說，要找到他很簡單。他成為了調香師，孤僻的感覺恰到好處，一樣不知道在想什麼，不過他倒是記得我。似乎是一眼，不，一聞就知道了。」

「味道不會改變嗎？」

「當然是會隨著生活環境和身體狀況不斷在改變，但聽說和基因一樣，有某些體味是屬於基調的味道，雖然我想只有他才聞得出來。那時候他在大公司裡工作，製作洗護用品或止汗劑之類，大眾導向、大量生產的香味。說是調香師，但據說日本很少有香水的需求。我曾聽他抱怨還要做消費者測試，用來判斷那是不是一般人會喜歡的香味。」

「感覺朔少爺會得到滿分。」

「那是不可能的，最多就到八、九十分。聽說不管是多好的香氣都一定會有一成的人表示不喜歡，世上沒有人人都喜愛的香味，但是卻有每個人都討厭的氣味，像是老人味、糞臭味，或是不乾淨的臭味等等。當時我心想，真的假的？會不會是有人在說謊？就像沒有百分之百的真相一樣，不是也有偷偷喜愛糞便臭味或腐敗氣味的人嗎？」

「有必要說謊嗎？」

「我哪知道。」新城伸了個懶腰。

「誰管它有沒有必要。但是呢，說謊的傢伙一定有秘密，而秘密可以賺錢，所以我就邀請他開始了現在的工作。事實上，有很多的人渴望奇怪的味道，這點妳應該已經明白了吧。越是心懷秘密的人付錢越爽快，對我來說，朔是隻下金雞蛋的母雞。」

「你敢當著朔少爺的面前說嗎？」

這麼一問，他戲謔地笑了。我已經知道他不會繼續回答了，因此開始收拾餐盤，新城也難得地拿著切麵包的砧板到廚房，將剩餘的麵包蓋上保鮮膜。說這麼多，或許他也因為內心不安，而希望和其他人一起待著。我把熱水壺放到瓦斯爐上，邊洗盤子邊問：
「朔少爺要接受警方訊問吧？長時間面對人群他受得了嗎？」
「是啊，氣味問題。」
「朔少爺真的無法忍受他人的味道嗎？」
「我想要看人，不過他曾說過『很吵』。」
「很吵嗎？」
印象中之前聽過，他說「妳的體味不擾人」。
「他可是連切花後，花朵漸漸枯萎的氣味都很介意的人喔。無論怎麼做，他都會接收到人的情緒和身體狀況的變化，我猜大概就像和藏不住喜怒哀樂的人相處會很累那樣差不多的感覺吧，要是對方說話的內容和表情相反，要逐一應付麻煩死了，人數一多簡直就會被榨乾。他曾說過，在育幼院的日子很痛苦。」
我將新城專用的深焙咖啡豆倒入磨豆機，朔少爺嘴上說給新城喝即溶咖啡都嫌浪費，卻從來不曾忘了補咖啡豆，明明他自己又不喝咖啡。就連善於看穿謊言的朔少爺自己也會說謊，他隱藏了很重視新城的想法。我心想著，世上不可能有不說謊的人；也想著，還是開始會說謊的朔少爺比較好。
「希望他能夠至少睡一下。」
我喃喃自語，突然想到床墊還曬在陽臺沒收，於是關掉爐子的火，我說：「可以等我一下嗎？」就往樓梯跑去。「喂！」背後傳來新城的聲音。

「妳要去二樓嗎？」

「我曬了枕頭之類的東西，太陽曬久了熱氣會積在裡面。」

「咦？妳進去他的寢室？」

「只是去換床單而已。」

我以為他在取笑我，所以自己先笑了，沒想到新城一臉嚴肅，他以手指玩著散漫敞開的襯衫衣領，「哦～」說完，轉身就往會客室走。

「我要睡一下。」

會客室的門關上。

隱約可以看見他蓋在長劉海下的眉頭皺了起來。

將煮好的番茄醬倒入調理機攪打，然後煮到收汁，裝進消毒過的罐子中。打掃結束之後就無事可做了，我不斷做著罐裝食品的標籤。

太陽西下時，新城終於從會客室出來了。他似乎真的睡了一覺，襯衫的縐摺比平常還多，頭髮誇張地亂翹。

「收到聯絡了，我去接他。」他大步往玄關走去。

「也帶我一起去。」

我追上去。「好是好，」他一臉不悅，「不過他們可不是什麼吃素的喔，是一群肌肉男。」

「畢竟警察平常都有在鍛鍊嘛。」

「不，我是指這裡。」新城用食指指著太陽穴，「我要是犯人，絕對不想被那些充滿壓迫的傢伙逮捕。」

新城快速轉動著方向盤離開森林，駛入高級住宅區，開在高速公路上時也是，速度快得無法開口說話。他似乎熟知小巷道，雖然是傍晚，但並沒有塞在車潮中，馬上就抵達了東京都心的警察局，那是給人散發黑色光芒印象的建築物。

我跟著新城往內走，脖子肥短、粗壯的男子忽然從廁所走出來，他穿著布料帶有光澤的老舊西裝。新城連忙跳開讓出道路，低下頭：「啊，木場警官！今天辛苦了。」

「噢，新城，還真早呢。你和這位女客又幹了什麼好事嗎？」

「才不是——只是被扯進來而已。」

語氣突然變得輕佻的新城微彎著腰，往他稱作木場的男子靠近，他就是新城口中友善的刑警嗎？

「很難說喔。話說回來，既然跟小川朔有關，你也早點通知我啊，這樣我就可以借一下他那跟狗一樣靈的鼻子了，白白放著他一個晚上沒事做也太浪費了。他和那些流浪漢一個一個被帶進來，說是內衣小偷嫌犯！不過他確實是個變態就是了。」

他洪亮地大笑著。

「木場警官，因為你的手機打不通啊。怎麼啦，是大條的嗎？」

「幹嘛，想探聽情報啊！反正一言難盡啦！」

木場用剛從廁所出來還溼溼的手「砰砰」地拍著新城的背，根本就是被當成手帕，新城雖然在意，卻仍然乖乖地維持著低姿態。

這時候，一個白色的人影在灰色的廊道上朝我們走來。

是朔少爺，我吞了口唾液。他面無表情，我瞬間臉色發白。

我邊喊著「朔少爺」邊跑過去，他依然面不改色微微點了頭。站在他身後、穿著制服的年輕男子毫不掩飾驚訝的表情，粗魯問道：「保險起見，你們是什麼關係？」

「妳不需要回答。」朔少爺輕柔平靜地說，藏青色的嗓音有些乾啞，讓我很難過。

「又來了，你這個人齁……」朔少爺像貓一樣，動作敏捷地避開了木場想拍他肩膀的手。

「還是一樣不理人呢。」

年輕男警官向豪爽大笑的木場咬耳朵。

「噢，對呢，他什麼都沒和你說吧？啊～不過呢，他的鼻子是真的靈。有一年，東京都內有四成被遺棄在置物櫃裡的屍體都是因為他報警才發現的，還說從車站外就能聞到死後不到一個小時的嬰兒臭味，完全不是普通人。明明之前被懷疑過好幾次還是不斷報警，最近倒是突然無消無息了，怎麼啦？」

朔少爺仍然是面無表情，無法分辨他究竟是有聽見還是沒聽見，帶著灰色的眼神失去焦距。

「他累了啦，那今天就先到這邊。」

新城討好地笑著快步帶朔少爺離開，木場和男警官跟在後方。

「新城，」木場的手插在口袋裡低聲說。

「小川身上那些內衣之類的先放我們這邊，聽好了，接下來是我們的工作，你明白我的意思吧？」

「你說『之類的』，意思是包包裡還有找到什麼嗎？」

木場無視新城的提問，突然用力抓住朔少爺的手臂，粗壯的手指掐進了白色襯衫中。

「喂，野狗，你要是知道什麼就趁早說。今天就先讓你回去，不過那個包包上只有流浪漢和你的指紋，要是找不到那個女人，你就是被懷疑的對象。」

朔少爺還是沒有反應，他像個玩偶一樣被抓著手臂也不甩開，停止了所有的動作。

「朔少爺。」

聲音響起。

——香味是再次啟動的開關。

我擠進朔少爺和木場之間，在朔少爺的鼻尖張開手掌，從菜園採摘的香草和香料的氣味應該滲進皮膚裡了。

帶著灰色的眼眸深處，瞳孔開始游移，朔少爺的薄唇微微地顫抖，稍稍地笑了。他彎下身，在我耳邊小聲說：

「一香小姐，對不起喔，讓我摸一下頭髮。」

朔少爺的手快速撩起我的馬尾，靠近鼻尖，閉上眼睛深深嗅聞。

時間停止了。朔少爺白皙端正的額頭近在咫尺。

朔少爺的唇輕輕碰了我的頭髮之後張開眼睛，從胸前口袋拿出銀框眼鏡戴上。

「茉莉花差不多要開了，回去吧。」

我彷彿看見了在夜裡飄香的純白花朵。

朔少爺環顧驚愕地呆立在現場的我們，說聲：「先走了。」就步出警察局，我急忙和新城一起追上去。

朔少爺在車門邊等著，新城碎念：「受不了，你這傢伙，是怎樣啊！」打開了車門。

我們正要上車時，背後傳來了大吼聲：「小川！」木場踩著重重的步伐走來。

「下次可以撥點時間私下見面嗎？」

「請和他聯絡。」朔少爺用眼神指著新城，新城聳了聳肩坐進駕駛座。

「啊，對了。」

朔少爺靠近木場，悄聲說了幾句。瞬間，木場抱著肚子笑了起來，他轉頭向站在警察局前偷偷觀察著這裡的男警官大喊：

「喂，松島，他叫你不要太常去風俗店找小姐，你好像感染了念珠菌！」

男警官的臉色大變，即使從遠處也看得出來。

「我說你，不要去挑釁人家，下次會被加倍報復回來。」

「只要你不出錯就沒有下次了。」

「喂！這次出錯的人是你吧！」

「當我和街友們與警方爭執時，是誰和女大生聊天聊到渾然忘我？對了，那個手上有美結小姐手帕的學生在說謊，那不是她借來的，她大概是偷走了整個化妝包。」

「你……為什麼不告訴警方啊？她搞不好是竊賊啊。」

「因為和這次的委託案沒關係，而且她對於隨身帶著偷來的東西這件事展露出亢奮的情緒，為了這股刺激感，她還會再下手的，總有一天會被抓。」

「這種事你應該馬上告訴我的！」

車子一發動，他們兩人就不停地你來我往。新城每大小聲一次，車速就加快，窗外的景色呼嘯而過。我雖然害怕，但提醒他注意開車也是件可怕的事。

對話終於告一個段落，我出聲詢問：「朔少爺，你的身體還好嗎？」

「味道太濃，讓我受不了。」

我們的眼神透過後照鏡交會。

「……是因為街友嗎？」

我想起長時間沒有洗澡的臭味，哥哥的事在腦海中閃現，我斂下眼。

「每個人認定的惡臭都不一樣。」朔少爺說。

「一般人認為不衛生的環境會產生惡臭，但其實這無法一概而論。有時候體味和體垢是用來保護身體的，野生動物即使不洗澡也能保持健康，若沒有一定程度的體垢，皮膚會因此變乾燥，也會因為曬太陽而受損。比起街友，我更無法忍受那些警察自律神經混亂得一團糟的臭味，懷疑、威壓、煩躁、疲勞……全都是壓力。街友們的體味幾乎沒有壓力造成的扭曲之味。」

「那我現在應該全身上下都是壓力臭味了。」新城大聲哀號著。

「可惡，委託案要泡湯了，竟然被警方半途攔截。美結怎麼樣了？」

朔少爺沒有回應。

「死了嗎？」

「血。」朔少爺說。

「包包底部有一件沾著血跡的女用襯衫。街友可能把其他衣服賣掉了，不過內衣褲和髒掉的襯衫大概是因為沒有用途，所以就繼續放著。」

「哦，血跡啊。」新城不甚驚訝地重複，「這樣的話交給警方是正確的。」看來他們兩人已經很習慣這樣的狀況了。

「不過，我想應該還沒死。沒有內臟的氣味，血量也沒那麼多，大概是被強制脫下衣服時反抗而遭到毆打的程度。」

「……也就是說？」

「上面沒有遭受強制性交的痕跡，雖然留有美結小姐恐懼的味道，但是沒有精液及男性亢奮的體味。我想是為了讓她沒力氣逃走，所以才脫掉她的衣服。」

「犯人是男的嗎？」

朔少爺沒有回答，他又透過後照鏡看著我，「讓妳擔心了。」

「不過一定要好好吃飯，空腹時承受壓力會導致胃痛。」

事到如今我已經不會覺得丟臉了，只回應道：「我以後會注意。」

「謝謝妳熬製番茄醬。」
「目前正在放涼。」
「香料的味道幫了我很大的忙，無論是香水還是料理，加入香料都會讓輪廓清晰呈現。」
我想起飄在洋樓內的植物香氣，或許那座菜園保護了朔少爺遠離世間雜味。
「我們去吃點東西吧。」新城以疲憊的聲音說道。「我討厭外食。」朔少爺馬上拒絕，然後暫時盯著窗外。
「脫掉美結小姐的衣服，並丟掉包包的人是男性。但是我還是有點不確定，因為裡面混雜了非常大量的女性氣味，還有，藥物。」
「藥物中毒嗎？」
「真遲鈍，我剛都給你提示了。」
朔少爺從鼻子哼笑了聲。「該不會……」我從後座向前探身。
「犯人是美髮師？」
朔少爺剛才摸我的頭髮這件事讓我一直很在意，如果是想聞頭髮的味道，就憑朔少爺的鼻子不需要摸也聞得到。畢竟光是在車內交談，他就知道我從早上開始便什麼都沒吃。
「也許妳在新城那裡工作會比較好。」

「請容我拒絕。」

「妳說什麼？喂！」

「新城，」朔少爺瞇起眼睛，露出要將獵物逼到牆角的野生動物般的表情。優雅且冷酷，帶著些微的刺，是平常的朔少爺。

「你打電話給委託人，詢問美結小姐常去的美髮沙龍。不是現在的，是之前的，身為過度保護的父母他們應該知道。」

「我才剛被施加壓力說不要插手欸……」

「不快點的話就不能先下手為強了，照我說的做，我就陪你吃討厭的外食，搞不好還能拿到泡湯的酬勞。」

新城在開心說著的朔少爺身旁無力地垂下頭，深深嘆了一口氣的同時放慢車速。

青翠茂盛的行道樹看起來很舒服，穿著打扮良好的行人牽著小型犬來來去去，那間美髮沙龍就座落在這條閑靜道路上，掛著法語寫成的招牌，店內如溫室般擺滿了植物。

正面是整片的玻璃落地窗，從植栽間隙可以一窺店裡的樣子。

打開仿舊色澤的骨董風格大門，夢幻的鈴聲響起。

「不好意思，我沒有預約。」

我這麼說，不遠處高瘦的男子走了過來，其他全都是女性店員。

「您趕時間嗎？如果可以等三十分鐘，之後就有空了。」

滿臉笑容給人感覺很不錯，看起來年紀和朔少爺及新城差不多，身上穿著合身的簡單服飾；腰際的小包裡插著多把剪刀，隨著他的一舉一動閃耀著銀色光芒。

我偷瞄了一眼身後，新城的腳卡在門縫間等待。

新城主張身為女性的我裝成顧客的樣子去探探狀況比較好，而朔少爺應該正從門縫間飄出的氣味確認對方是否為犯人。

男子也向新城露出笑容，然後看著我問：「兩位是一起的嗎？」牙齒白得像是漂白過。

「啊，對。可以讓他在這裡等嗎？」

「好啊，當然可以。今天想做什麼樣的整理？」

嗯……我思索著如何回應，我根本沒仔細想過。男子偏著頭看著我的頭髮。

「不好意思，請問您是不是從不曾染過頭髮？您的髮質很健康很棒呢，我摸一下喔。」

男子的手動了起來，我腦中閃過朔少爺說過的「血跡」這個詞，一想到這雙手將女性……我的身體就動彈不得。

哐噹，鈴聲響了。

「請不要碰她。」
朔少爺熟悉的手就在我的面前。
「也不要再看著她了。」
「呃，這個……」
露出營業笑容的男子表情有些許僵硬，「可是這樣就無法剪頭髮了。」
「我們不是來剪頭髮的，是想要請教你關於美結小姐的事。」
男子的表情依然沒變，但是，有那麼一瞬間，他快速地瞄了一眼背後的店員和顧客。朔少爺沒有錯過他眼神的飄移，「我們不打算報警也不打算鬧大。」他以藏青色的嗓音，用不被其他人聽見的音量說道。
「報警？」男子誇張地蹙起眉頭。
「這位客人，我完全不懂……」
「我只是想聽聽你的感想而已，你監禁了美結小姐對吧？」
男子不肯定也不否定，而且營業笑容依然沒變。朔少爺拿下銀框眼鏡，呼出一口氣。
「我沒辦法忍受這裡的氣味太久。」
這麼說完，朔少爺湊近男子的臉小聲說話。啊啊~男子的嘴唇微微開闔。
「她本來……就是屬於我的。」

柔和的笑容慢慢地爬滿整張臉，那是寵溺，甚至帶有性魅惑的，和先前完全不同的微笑。我的背脊寒毛直豎。

「可是，她卻隨便在外面又染髮又燙捲，最後還直接換去其他美髮店。你懂嗎？太悲慘了。我只是在她繼續被其他人的手汙染之前回收回來而已。」

「甚至不惜動用暴力？」

「我也沒辦法呀。她現在的健康狀況很好，畢竟營養不良和衛生不佳都是健康頭髮的大敵，我每天早上都從讓血液循環順暢的按摩開始，很細心地呵護她。」

「這樣子啊。」朔少爺面不改色地點頭。

「對你來說她的價值在頭髮呀。」

男子的眼珠快速轉動。

「可是，曾經受過傷的頭髮就回不來了，損傷沒辦法完全修復，所以我才會重新養髮。相較之下，這位女性的髮質真的非常完美。」

「不要看她。」

朔少爺將身體擋在我前方。「哦～」男子瞇起眼睛。

「看來她是你的呢。」

朔少爺沒有任何回應，他迅速戴上眼鏡。

「你的頭髮也很有趣呢，這是天生的髮色嗎？要是再長一點會更好。」

「我不喜歡這種地方。」

走吧，朔少爺這麼催促著我。

「請問您從事什麼樣的工作？」男子挽留般問。

「調香師。」朔少爺回答，「若你想要頂級香味的髮油請和他聯絡。」他指著新城，在櫃檯上留下名片。新城顯現出露骨的厭惡。

離開店內，隔著落地窗回頭看，男子依然保持微笑站在同一個地方。

「好久沒遇到不說謊的人了。」

坐進副駕駛座的朔少爺喃喃道。

「不過是個怪胎。」新城不屑地說，「你不救美結嗎？」

「這個的話，木場他們會做。我想她沒有受到虐待，我只是有些話想問他而已。」

「你這傢伙真的是……」新城大喊到一半，朔少爺一把抓住他的手，「給你。」然後在他的掌心放下一枚玫瑰金的戒指，上面鑲著小巧的愛心，是個可愛的設計。

「這是美結小姐戴過的戒指，裡面刻著交往對象名字的羅馬拼音。雖然不知道是否為不倫戀，不過委託人為了親事，想要隱瞞交往對象的存在不是嗎？或許可以請他們把戒指買回去。」

新城的喉頭發出了奇怪的聲音。

「你……在那樣的情況之下，從哪裡……」

「包包裡面的內袋。那個男的，真的是除了頭髮之外什麼都不要呢。」

「我不是在說這個。」

「之後要怎麼做就交給你了，看是要賣掉還是要處理掉，都隨便你。」

新城抓了好一會兒的頭，打開窗戶點起菸，車內慢慢地充滿了煙霧。「夏季末的颱風要來了。」朔少爺盯著逐漸暗去的天空輕聲地說著，明明連一點風都還沒有。

「真是功能強大的氣象播報程式呢，什麼時候來？」

「大概是三天後吧。」

「這樣啊。」

新城將菸蒂壓在放很久了的空罐裡捻熄，然後從車窗往美髮沙龍的方向丟出戒指。在越來越暗的空氣中，玻璃落地窗的建築物閃耀著淡淡的綠光。

「辛苦啦。」朔少爺將頭靠在車窗上。

車子發動的同時，兩臺白色車輛駛進停車場，一臺繞到了美髮沙龍後方，用力打開的車門裡走出一個壯碩的身影，動也不動地目送我們離去。

沒有人開口。新城只是盯著車道開車，朔少爺閉上了眼睛。

我在腦海中反覆播放著朔少爺詢問男子的話，我猜新城應該沒聽到。

6

Citrus Note

在透明的陽光中，金黃色的小花飄落。

四散著香甜的氣味，純白的布上無聲無息地鋪滿了花朵。在陽光照射下，樹梢上的花是金黃色的，不過落於白布上的花卻轉成了可愛的橘色，是像串珠一樣迷你小巧的花。

我的對面，抓著布頭兩端的朔少爺因陽光瞇起了眼，我們張開的白布反射了日光，朔少爺淺淡的瞳孔和髮色也都閃閃發光。秋日裡的空氣如同烤蛋糕一般甜美芳香，雖然對朔少爺而言一定是更複雜的氣味。

「喂！這太不公平了吧?!」

雙腿跨過樹幹、搖著枝葉的新城大聲嚷嚷。

「都是我在做勞力工作，你根本只是抓著布站著而已啊！」

每當他大吼，小花就輕飄飄地落下，然後被白布接住。源叔正在掃集落葉，浮躁的視線射了過來。

「新城，樹木會受傷，要溫柔一點。」

朔少爺的眉間皺了起來，也許是樹枝的某處裂開了，而朔少爺可以聞出樹木的汁液，就和聞出人血的味道一樣。他甚至會在源叔修剪園內樹木的日子，緊緊關上窗戶。

「好啦好啦。」新城不爽地將手伸向下一根樹枝，我和朔少爺張開白布一點一點地移動。金黃色的花雨、光照充足的暖意和甜香味，讓睡意緩緩襲來。

「睏嗎？」朔少爺柔聲細語地問。

「對不起。」我挺直背脊。

「妳最近感覺很睏呢，體溫也偏高。其實秋天意外地是自律神經容易失調的季節喔。」

白布中心微微地下凹。「有沒有低燒？」朔少爺探頭過來。

我想起他在警察局摸我頭髮的事，在幾乎可以感受到吐納氣息的近距離，看到他白皙端正的額頭。

朔少爺伸手向我的臉頰，輕輕地，沿著我的臉部線條確認溫度。

秋日陽光比想像中還要強烈，照得現實的輪廓模糊不清，這樣的錯覺讓我心神不寧。明明朔少爺雙手還抓著白布。

「沒有。」我低頭，盯著越積越厚的橘色花朵看，帶著塵埃的乾燥空氣塞住了鼻腔。

「妳今天帶杜松子的沐浴油回家吧，可以消水腫。」

花朵嘩啦嘩啦地落在這麼說的朔少爺頭上。

「別顧著說話，看看上面，花都要被浪費掉了。」

新城勾著嘴角冷笑。朔少爺默默地移動身體，白襯衫的衣領和肩膀處攀附了橘色，茶色的短髮上也有，就像沾染了花粉的昆蟲一樣，有點可愛。「朔少爺。」我想用眼神告知他，不過他只是微微笑著，沒有察覺。

雖然雙手離不開布，但我想幫他拂去身上的花朵。朔少爺會覺得討厭嗎？我不曾觸碰過他。我明白他會關心我的身體狀況也是出於氣味的關係，但有時候，又會讓我有「我們的距離拉近了」的錯覺。

頭上的枝葉繁忙地沙沙作響，花朵安靜地落下。正當我看得出神時，出現了「哇」的一聲，花雨的雨勢突然變小了。

新城一臉吃到怪東西的表情離開樹枝，不斷往後退。我小心注意不要打翻白布，然後轉頭，一名男子踩著重重的步伐筆直穿過菜園，老舊的西裝像盔甲般散發出黑色光澤。

壓迫感讓我打了個冷顫，我察覺到是之前曾在警察局見過面的木場警官。脖子肥短粗壯的體型像極了橄欖球選手，身上有一股氣魄，感覺只要被他擋住去路，就會打從心底失去想逃的力氣。討厭外人進入菜園的源叔也只是手握耙子，觀察著狀況。

「唷，新城，你最近都在中町那一帶閒晃吧。」

中町是這座城鎮最繁華的鬧區，到了晚上就會充斥著霓虹燈、酒精以及濃厚的香水味，有聲有色。當然我和朔少爺都不曾踏足那區。

「你該不會想插手什麼奇怪的事吧？」

「哪有啊，是工作啦，工作，有個小妹妹說想要他調配的香味啦。」

突然說起怪異年輕人用語的新城露出營業用笑容。

「確實是有人委託製作具催情效果的香氣，不過那件工作已經在三個月前結束了。」

顯然是在報剛才一箭之仇的朔少爺淺笑著這麼說。

「新城這陣子好像幾乎每天晚上都去同一家店呢，總是有相同的味道。外套上有一點霉味，感覺是裝潢還不錯但設備已經老舊了的店。」

「你這傢伙！」

朔少爺無視於慌張的新城對著木場微笑。

「不過呢，他喜好女色已經不是什麼新聞了。今天有何要事嗎？」

木場不客氣地掃視菜園一圈，蔬菜幾乎都已經採收完畢，不耐寒的植物開始搭上過冬棚架，源叔繼續掃落葉的工作。

「喂，那不是菸葉嗎？」

「不愧是警察，眼睛真利。沒錯，是菸草（Nicotiana tabacum），製造香菸原料的植物。不過請仔細看，上面有花吧？雖然已經枯萎了。要用來製菸的話，一旦開花就要馬上摘除。這也是一種香料植物喔，就算製菸是違法的，但種植應該是合法的吧。」

木場閉著嘴沉吟。

「你今天還真多話呢，多謝你之前那彎來繞去的提示喔。」

「因為我被威脅『要是知道什麼就趁早說』。」

「雖然你根本沒有『說』。」

如地鳴般渾厚的聲音。新城移開視線，默默地搖著樹枝。

「我想，對你來說那些就夠了。」

朔少爺用清爽的嗓音說完，木場便豪邁地哇哈哈笑了起來，然後像看到什麼耀眼東西似地，視線落到了白布上的花。

「桂花嗎？」

「對，可以萃取出類似杏子的果香調香氣。」

「我一個字都聽不懂。」木場苦笑，「是小孩子會喜歡的味道嗎？」

朔少爺面不改色地回答：

「不一定，畢竟每個孩子都有個體差異。」

那一瞬間，木場的反應慢了一拍，朔少爺的眼睛微微地動了一下。

「也是呢。」木場說著，再次環顧菜園一圈，他正想再說什麼時，被朔少爺打斷。

「這樣新城原本就已經不足的注意力會被更加吸引走，可以請你先安靜待著嗎？如你所見，我們目前也離不開身，晚一點再請教你的來意。」

原本以為木場會生氣，但他只說了聲「喔」就閉上了嘴。他也不抽菸，像在踏步一樣靜不下來地搖擺著身體。源叔一臉擔心，不時瞄著那粗壯的腿將土壤漸漸踩硬。

重重坐在洋樓餐桌椅上的木場浮現異樣的表情，總是一副大老爺姿態的新城在他旁邊乖順地縮著肩膀，每次一坐下就喊的「一香小妹，咖啡！」今天也沒出現。

朔少爺為了從剛摘下的花朵中抽取芳香原料，而到木屋去了。芳香原料的抽取方式有蒸餾、壓榨或萃取等各式各樣的方法，木屋裡擺著銀色的大鍋子，以及光是念名稱感覺就會咬到舌頭的化學藥劑，不過我幾乎不曾協助過。若是要耗費力氣的工作就會使喚新城，但基本上都是朔少爺一個人在作業，所以我連他大概要多久才會回來都不知道。

我準備著午餐的同時，交互看向園子和餐桌，木場和新城已經等了超過一個小時，話題也聊完了，凝重的沉默包覆著空間。
「那個，不嫌棄的話請用。」
我將玻璃器皿放在桌上，木場眼睛眨也不眨地盯著我，而不是看向器皿。
「這是桂花烏龍茶果凍，下方是加了煉乳的牛奶洋菜凍，口感很清爽喔。」
我假裝沒有注意到他的視線這麼說明著，然後倒了中國茶。
「烏龍茶嗎？」
木場終於看向琥珀色的果凍，如戴了手套般厚實的手用力抓著玻璃器皿，聞起味道。
「因為桂花是原產於中國的植物，因此很適合搭配中國茶。聽說是會被種植在古中國皇帝的庭園中。」
「皇帝的點心啊。」
木場咧嘴一笑，戳入湯匙，吃了一口後發出「喔喔」的聲音，然後像吃牛丼一樣扒了起來。
「很爽口，真好吃呢，」他悶聲哼著，「而且不會太甜。」
新城一臉陰鬱地稀哩呼嚕吃著，比起水潤的食物，他似乎更想吃碳水化合物或肉。接著，木場小聲說著什麼。
「……嘴巴破洞吃得下這個嗎？」

大概只有我聽見這句話，像在自言自語般呢喃的聲音感覺很脆弱。

「嗯……裡面放了檸檬……如果不要放的話我想吃起來會更溫和。那個，只要向朔少爺提出來，我想他可以給你食譜。」

他以一臉意外的表情看我。

「之前我以為妳是那隻野狗的女人，沒想到是助手嗎？」

沒禮貌的問題讓我不禁皺起了眉，但最重要的是，希望他別再稱呼朔少爺為野狗了。

「我是家庭幫傭兼行政。還有，朔少爺是人類。」

木場呆住了。突然，他伸出手「砰砰砰」地拍打著全身警戒的我的手臂，雖然不痛，但手非常厚實又極具重量感，我都快被打飛了。

「對不起，對不起，他叫小川是吧。」

我腳步不穩地勉強擠出話來：「對。那個，食譜……」

「對喔，可是，沒有那些花就做不出來吧？」

木場用下巴指了指窗外，桂花依然到處綻放著金黃色的光輝。

「那……」

「我們做好送過去吧，不過當然是要付費的。」

背後傳來朔少爺的聲音，似乎是從後門進來的，他優雅地走過我們身旁，拉開新城隔壁的椅子坐下。即使在所有人的注視之下，他也絲毫沒有急迫的樣子。拿走新城的茶潤了潤喉後，「這樣不行啊，隨隨便便觸碰女性的身體，警方可能還維持著老舊的制度觀念。」他瞇起眼睛看著木場。

「真囉嗦，受不了。」

「請同理對方的心情想想看。」

「沒想到會被你說這些，你不也是要她親手製作甜點，自己過著優雅的生活嗎？」

「因為我的體質不適合吃外食。」

「體質啊～」木場露出討人厭的笑容。

朔少爺突然浮現微笑，手撐著臉頰。

「難得你今天沒有直截了當地說出來意。」

木場倏地閉上嘴巴，下顎一帶大概是緊張的關係不停地抽動著。

「是你私人的委託嗎？」

「這個嘛，沒錯。」

新城像是鬆了口氣般，肩膀垂了下來，「這種事和我聯絡就好了嘛。」他發出沒用的聲音，朔少爺無視他的哀叫，身體靠到了椅背上。

「我先說好，費用可不低喔，以公務員的薪水來說，我想會是一筆相當令人心疼的支出，尤其是對已經花了不少醫療費用的你來說。」

木場的椅子發出好大的聲響，他怒氣沖沖地站起身，瞪著朔少爺和新城，新城一副拚死命的樣子猛搖頭。

「不是新城說的，他可沒有跟蹤你的勇氣。」朔少爺聲音平靜地說道，木場呼出短促的一口氣。

「鼻子聞到的嗎？」

他「砰」地再次坐下。

「是前陣子嗎？」

「是呀，在警察局見面時，你身上傳來醫院的味道，而且還是兒童醫院的。你已經去過好幾次了吧，味道都滲進身體了。我不太喜歡那樣的地方。」

「什麼討厭醫院，你又不是小孩子了。」

木場一口氣喝乾茶水，不屑地說。

「其實你也不喜歡喔，嗅覺是自我防衛機制的一種，只要是身體健康的人應該都會抗拒受傷或是疾病的氣味，只是還是有有自覺或無自覺之分。我的鼻子也不例外，對於那樣的人聚集的場所味道很敏感。」

木場驚訝得合不攏嘴。

「你今天真的像變了一個人一樣說個不停呢，虧我以前還一直認為你不會說話。」

朔少爺雙手交叉抱胸，用眼神要我再倒一杯茶。

「這不是當然的嗎？這裡可是我的工作場所。你要是決定好了的話，我願意洗耳恭聽，只是快到午餐時間了，還請你簡短說明。」

沒有任何遲滯地這麼說完後，朔少爺從胸前口袋拿出銀框眼鏡。

「你這個人真的是……要是這項能力能用在協助調查就好了。」

對於如此碎念的木場，朔少爺只短短回應了句：「我也不太擅長當個正義凜然的人。」然後瞄了我這邊一眼。

我確認牆上時鐘的時間，將熱水壺放上爐子開火，開始進行午餐的最後一道程序。

圓形的糖球發出叮叮咚咚的夢幻聲響，一顆一顆掉入廣口的骨董利口酒杯中。白色、粉色、藍色，鮮豔得即使在昏暗的屋子裡也清晰可見，有著簡直像兒童玩具般的繽紛色彩。

「太陽越來越早下山了呢。」

我遞出冒著熱氣的紅茶，朔少爺用沒有焦點的目光說：「嗯。」最近工作結束之後，我們都會像這樣，在朔少爺的工作室裡喝茶。有時候也會喝酒，牆上的架子擺著一整排的香料瓶，其中一角放著朔少爺收藏的藥草調利口酒。今天不是酒，而是糖球被倒入了利口酒杯中。

我捏起一粒像大顆藥丸的白色糖球，一碰到牙齒就在口中輕易的碎裂，裡頭濃稠甜美的利口酒在舌尖散開，豐富的酒香味穿過鼻腔，我用臼齒「咯咯咯」地咬碎砂糖。

「君度酒……？」

「對。」朔少爺接住了我的喃喃自語。

「藍色的是茴香酒，洋茴香的利口酒。粉紅色是瑪拉斯奇諾，櫻桃口味的利口酒。不過這和日本的櫻桃不一樣，所以還是稱為歐洲甜櫻桃比較好吧。」

我聽著他慢條斯理的語調，一邊將糖球放入口中。

「味道也很像玩具呢。」

啊，我不小心這麼說了，但朔少爺一副沒有察覺的樣子，「不過這是酒喔。」他拿了一顆含進口中，我勉強看見那是藍色的糖球，他沒有咬碎，而是含在嘴裡讓它慢慢溶化，我也學著這麼做。

木場的委託，是想要可以喚起生存力量的香氣。他的兒子正在住院，先天性疾病發作，導致脊椎發炎，現在下半身無法動彈。也許是無法接受現實，對於為了將來在輪椅上生活而準備的復健，他兒子也意興闌珊。看症狀發展的狀況也許還需要再進行手術，無法上學、整天待在醫院裡應該很鬱悶，所以希望想辦法激起兒子的正向情緒，木場斷斷續續地說。他很晚才生，所以孩子才十歲而已。

「做這種工作也不知道哪天會發生什麼事，我以前都想說還是不要有小孩比較好，可是有了以後其實真的很高興，我忘不了他出生時的樣子。結果沒想到發生事情的不是我而是他，我已經看過太多悲慘案件，但不幸發生在自己身上時，才深切感受到人類有多麼脆弱。」

他想笑，但又笑不出來，變成了惡鬼般的表情。他回去之後，新城喃喃念道：

「木場大叔很可怕，又死纏爛打，我打從心底覺得他很煩，但真的不想看到他那樣子。」

口中的砂糖粒忽然崩裂，變得和體溫一樣熱的甘甜利口酒消失在喉嚨深處。

之前新城提過的，關於朔少爺的兒童時期讓我很在意，朔少爺真正不喜歡的會不會不是醫院，而是小孩子呢？也許和兒童相處會喚醒他艱辛的記憶，但這些事不能由我問出口。

朔少爺的腳蹺在矮凳上，閉上眼睛。他口中的糖球還沒溶化嗎？

「甜度大概要這樣。」

「什麼？」我從茶杯中抬起頭，室內已經暗了下來，分辨不出糖球的顏色，只有朔少爺白皙的臉模模糊糊地浮現在黑暗中。即使在黑暗中，又或是閉上眼睛，朔少爺也看得見吧，不論是漸漸涼去的紅茶，或是我內心的動搖及臉色。

「後天帶去的桂花果凍，甜一點比較好。」

藏青色的聲音融入黑夜之中。「好。」我小小地點了點頭。

新城買來了六個甜點用塑膠容器，我在裡面慢慢倒入做好的煉乳牛奶洋菜，然後放上桂花烏龍茶果凍，裝入保冰袋中，並在空隙間塞滿冰磚。

坐上新城開的車，三人一起出門。

醫院位於臨海的山丘上，隨著離大海越來越近，朔少爺難得地打開了副駕駛座的窗戶，聞著海風。新城黑色的自然鬈在海風吹拂下散亂。

「關起來啦，我都看不到前面的路了，你不是說過討厭海風嗎？」

「你的頭髮太長了啦。我只是受不了夏天的海過於生氣蓬勃，倒是不討厭寒冷季節中的海。」

海風確實已經帶有寒意了，些微的海潮味也飄到了我的鼻尖。

「接下來的大海會很寂寥吧。」

新城用著一點也不像他的語調說話，將車子停在路邊，嘴裡叼著香菸。眼前可以看見大海，但別說是步行的路人了，就連車子都很少經過。防護柵欄的另一側，海浪打在岩岸上四碎成一片白色泡沫。

寂寥的大海很適合朔少爺。

「大海這麼大，可以在裡面消失得無影無蹤，這樣的話輕鬆多了。」

這麼說完，又接著眺望了一陣子。朔少爺關起窗戶後，新城將香菸丟進空咖啡罐中，發動引擎。

前往病房大樓的白色走廊寬敞開闊，大窗戶照進了充足的陽光，我們和吊著點滴袋的人及坐輪椅的人擦身而過。兒童病房的護士站旁邊就是遊戲室，基本色調的地墊上散落著玩具及童書。

粉紅色走廊上，整排病房的正中間附近，木場就站在那兒。「唷。」他低聲招呼，以動作示意我們進去，門牌上面寫著「木場翔」。「要進去囉。」木場打開門，白色的病房裡灑滿午後陽光，電動床的床頭升起，靠坐在上頭的瘦小人影看向這邊。

「翔，快點，打招呼啊。」木場催促著。少年闔起手中的書，向我們輕輕低下頭。

「你們好。」

那是還很高亢的稚嫩嗓音，充滿疑惑地來回看著他爸爸和我們。「他們是，那個……」木場用著不合時宜的大音量說道，「爸爸的朋友。」根本算不上說明地介紹完後轉過身，壯碩的背影對著我們。

「喂，木場警……」

「我去和醫生談談。」他背對著向新城說完，乒乒乓乓地走出了病房。少年偷瞄著一臉驚訝的我們，再次翻開了書，動作極度緩慢。薄被下露出染成淡黃色的橡膠管，木場說過他還沒辦法自行上廁所。我不知道該說什麼才好，只能握緊保冷袋的提把。

「你不喜歡打電動，而是喜歡看書嗎？感覺很聰明呢！」

新城拉過窗簾旁的鐵椅一邊說，他坐下，把腳蹺在床邊。

「電動會讓我太累所以不行……」

少年低頭抬眼看著我們。

「哦～你在看什麼？」

「昆蟲的書，媽媽從圖書館借來的，家裡的我都已經看完了。」

「很厲害耶！借我看看。哇，裡面全都是字。」

新城誇張地身體反彈，「也有照片喔！」少年的臉上浮現笑容。也許是藥物的關係，浮腫的臉看起來令人心痛，不過笑起來時露出的虎牙很可愛。

「別看新城那樣子，他很受孩子歡迎。」朔少爺在我耳邊悄悄說。他們兩人確實是馬上就熟了起來，彼此說著我聽不懂的昆蟲名稱，一下子笑著一下子互相戳來戳去。「啊，我有帶果凍來，要吃嗎？」新城一把搶走我手上的保冷袋。

端著容器的手動作很遲鈍，手指似乎不是很靈活，小翔緊張地將塑膠湯匙送進口中，「好好吃！」他浮現出鬆了一口氣的表情。木場說他口腔破得很厲害，不太能吃東西。「謝謝妳，大姊姊。」他朝著我笑，四目交接的瞬間，讓我想起幼年時的哥哥，心臟絞痛了一下。我從不曾收過這樣的道謝，也不曾因為看到笑容而放下心。

「還有很多喔。」

我無法順利擠出笑容，好不容易說出這句話時，感受到靠在窗框上的朔少爺的視線。「聰明伶俐得不像是木場的兒子呢，搞什麼。」新城自言自語道。

「叔叔你們是爸爸的朋友嗎？」

看起來放鬆許多的小翔看著新城和朔少爺。

「你叫她大姊姊，卻叫我們叔叔喔？」

「對不起對不起啦！」小翔對一臉受傷的新城笑著，「因為如果是爸爸的朋友，我想應該是叔叔的年紀吧。」

「我們怎麼可能跟那傢伙一樣大！」

「哥哥你們也是警察嗎？」

「不是不是，」新城勾起嘴角，「我是偵探。」一臉得意的表情。

「偵探是電視或電影裡出現的那個？真的嗎？好厲害喔！」

小翔興奮地拉高了聲音，雖然不能離開床上，但一開心起來就只是個精力充沛的普通男孩。「他是調香師。」「調香師？」「你不知道嗎？這很少見喔，我偷偷告訴你吧。」「嗯！」兩人興致高昂地你一言我一語。

木場遲遲不回來，朔少爺看向房門說了句「真慢」後，小翔的表情忽然陰鬱了起來。

「爸爸一定是在生氣。」

「咦？」我和新城異口同聲。小翔交錯拉著睡衣的袖子，皺著眉頭笑了。

「因為我的身體變成這樣……我以前跟他約好了要當刑警的，可是哪有刑警是坐輪椅的……」

我不禁望向朔少爺求助，朔少爺身體一動也不動地盯著小翔看。突然，「笨蛋！」一聲怒吼在病房迴盪。

我嚇了一跳，是新城。

「怎麼可能有這種事。再說，刑警都是一群混蛋，你來當偵探吧！」

新城來回撥亂了小翔柔順的頭髮，有一瞬間，小翔整張臉皺了起來，但他沒有哭，只是用力咬著嘴唇，死命地盯著空了的塑膠容器。那張頑固的臉像極了木場。

從醫院回來之後，朔少爺就埋首於工作中，新城也匆匆地離開了洋樓。

我剝著和源叔從森林裡撿回來的栗子，碗公中丟滿了堅硬的咖啡色果皮。我將栗仁連著種皮用小蘇打粉去除澀味，在鍋中煮過兩、三次，然後用竹籤把表面剔乾淨，再浸著砂糖慢慢熬煮。這種需要花時間的工作能穩定情緒。最後倒入幾滴白蘭地，靜置一晚入味。

在糖漬栗子的空檔期間，我剝完剩下的栗子，煮了栗子飯。捏成飯糰送去給源叔，再將朔少爺的份用保鮮膜包好。

到了夕陽西下時分，朔少爺也不曾下樓。當他想集中精神時，有時候會省略不吃飯，他說空腹可以讓嗅覺更敏銳。

我將栗子飯冰到冰箱，在餐桌上留下紙條，離開了洋樓。

那天晚上，媽媽打來電話。我猶豫了一下，最後還是沒有接，只傳訊息告訴她「我過得很好」。她馬上回傳訊息，在字字句句擔心著我的內容中，發現了一行「不用想太多，妳隨時都可以回家」。終於出現了，但那裡不是我的家，我忍不住這麼想，我從小成長、爸爸離家、哥哥過世的那個家，已經不在了。明明要是這個家還在的話，我一定會很困擾，然而卻只有「不在了」的這個事實沉重地留下。「謝謝」，我打下這兩個字，為了不讓她回信，最後再加上「晚安」。光是沒有溫度的文字來往就讓我費盡心神了，從那時起，我就再也不想告訴任何人任何事，也害怕洩漏心聲，即使那個人是我唯一的血親、是媽媽。

但我想朔少爺應該都感受到了，一切的一切，不管是我內心的漣漪還是身體狀況，總有一天他也會察覺到我的過去。我感覺腳邊開了一個又黑又深的空洞，到了那一天，或許我就不能繼續待在他的身邊了。

隔天，我到洋樓時，朔少爺正在廚房喝著熱開水，全身包在像睡袍一樣的罩衫中。「早安，今天真早呢。」他微笑著，「昨天沒睡好嗎？」

「對。」我點點頭，「對不起。」我不禁這麼說。

「不用道歉，今天回去時帶一些可以暖身的香草茶走吧。」

他打開鑄鐵鍋的蓋子，「糖漬栗子，看起來很好吃呢。」他輕聲道。

「我來做點什麼吧。」

「這樣啊，在那之前……」他甩著罩衫的衣襬走出了廚房，我聽到他上樓的聲音，但又馬上走下樓來，他一手拿著試香紙。

「小翔的香氣嗎？已經做好了呀？」

平常在調香之後，總是會再靜置熟成約兩個星期，好讓酒精和芳香原料混合均勻。

「我覺得早一點比較好。」朔少爺這麼說，然後在我的鼻子前方輕輕揮動試香紙，散發出一陣檸檬蛋糕的味道。比起新鮮的檸檬果實，感覺更像粉狀，並帶有青草的澀味。

「聞不出來嗎？」

「有點像檸檬……」

朔少爺溫柔地瞇起眼。

「妳是女孩子，所以很少在外面玩吧，這是蝴蝶的味道喔。」

「蝴蝶也有香味嗎？」

我再聞了一次，還是沒有印象，不過好像確實有一種鱗粉的粉感。

「妳聽說過白粉蝶的翅膀有檸檬香味嗎？這是味道比白粉蝶更強烈的黑紋粉蝶，生長在林間等微暗之處。白色的翅膀有著水墨畫一般的黑色線條，靜止不動時是很美的蝴蝶喔。其中，只有雄性會散發氣味，牠們身上帶有一種名叫『發香鱗』的結構，能散播費洛蒙。」

朔少爺慢慢地揮動試香紙，就像翩翩飛舞的蝴蝶一樣。

「小翔會很開心吧，聞了這個味道之後，應該會讓他想要在春天來臨之前努力復健。」

我振奮地這麼說完，朔少爺卻斜眼看著我，「誰知道呢。」說完便往餐桌的方向走去。

「妳知道費洛蒙是為了什麼目的而存在嗎？」

「這個嘛……」我欲言又止，「是為了繁殖……」

嗯嗯，朔少爺點頭。「這個啊，」他在椅子上坐下。

「是希望對方察覺的氣味喔。小型生物散發出特殊氣味是一件很危險的事，即使如此，牠們依然願意賭上性命，大聲疾呼著『快發現我』、『快來這裡』喔。」

「發現……」

「我們去醫院吧。」

朔少爺靜靜說著，我隱約聽到新城的車停在洋樓前的聲音。

在一片灰的停車場對面可以看見海，雖然杳無人煙，但有沙灘。今天的大海也是又冷又兇猛。

當我們在新城的車裡等待時，一輛白色的車開過來，停在距離我們約十公尺外之處。不知是否執勤中，駕駛座是之前見過的年輕男警官，從副駕駛座下車的木場踏著重重的步伐走來。朔少爺走到車外，我也站在他身後，狂風吹向身側，很冷。

「動作還真快呢。」

「這不是什麼太難的工作。」

「該不會是趁人之危偷工減料吧。」

朔少爺笑了，木場的頭髮油膩膩地貼在頭皮，下眼皮有深濃的黑眼圈，穿著和昨天一樣的西裝，即使不是朔少爺，也能一眼看出他從昨天起就沒有回家。

「熱愛工作、疑心病重，木場警官就是要這樣才對。」

朔少爺從胸前口袋中拿出小巧的香水瓶，拔開玻璃瓶栓，伸出手比了個「請聞」的手勢。木場鼻子向前靠近，偏了偏他肥短的脖子。

「的確是很清爽，不過翔喜歡這種味道嗎？」

「要不要再聞一次？」

木場發出沉吟聲又聞了幾次，「我還是不懂。」他交叉起粗壯的雙臂，揉了幾次鼻子不斷打噴嚏。「啊～抱歉，我不喜歡香水味。」

朔少爺蓋上香水瓶栓，輕微嘆了口氣。

「我猜，你把家裡的事全部都交給太太，只專心在工作中對吧？也沒辦法在孩子醒著的時間回家，只能透過太太的轉述瞭解孩子的狀況。雖然知道他喜歡昆蟲，但不曾真的一起拿著捕蟲網到山裡抓蟲吧？你不知道這是什麼味道就說明了這件事，這是蝴蝶的味道，只會在白天活動的蝴蝶。」

木場繃著臉，過了一會兒才低聲說：「沒錯，我連運動會都沒有從頭到尾參加過。」

他原本還想再說些什麼，卻放棄了，眼神像在訴說「若以前有好好看過小翔跑步的身影就好了」。

「小翔充滿了不安。」

「這不是廢話嗎！都生了那樣的病。」

他粗聲粗氣地回話道，「這種事不用你說我也懂！」朔少爺筆直地盯著怒吼的木場。

「不是的，他擔心的是你會不會不愛他了。」

木場目瞪口呆地張大嘴。

「我？不愛翔？怎麼可能會有這種事。」

「只有你這麼想而已，小孩子不論幾歲都會擔心被父母討厭。長大成人後之所以會忘記曾經有這樣的煩惱，是因為已經成長為能夠獨立生存的人了，但他還沒有如此成熟，你一點也不瞭解自己的孩子。」

「你，竟然被你……」木場脹紅了臉，他上前抓住朔少爺。我還沒來得及阻止，新城就從駕駛座跳了出來。

「啊啊啊！受不了，就叫你不要太挑釁他了。好了好了好了，木場警官也冷靜一點，你早就清楚他是這種沒神經的傢伙了不是嗎？」

新城用力將木場和朔少爺拉開，都這個局面了，朔少爺卻還是繼續講下去。

「木場警官，你為什麼不摸摸小翔呢？你和他之間沒有肢體接觸吧？他身上完全沒有你的味道。就算不抱他，也可以摸摸他的頭或拍拍他的背吧？你都可以毫不在意地拍打他人了，為什麼卻不願意親近兒子？明明不管什麼案件都緊咬著不放，粗暴地想要深入他人的內心和過去，為什麼卻不對他敞開心扉呢？是罪惡感嗎？還是……」

朔少爺推開新城，抓住木場的手臂，將香水瓶塞進他厚實的手掌。

「聞了這個味道後，小翔會很開心吧，只要說是你送他的禮物，他或許會恢復精神。但是，這種東西只不過是暫時的麻痺而已，柑橘屬的香料氣味輕盈，因此大眾接受度很高，但很快就會揮發也是它們的特性。同樣的道理，你還有更應該去做的事。」

「朔！」

新城以從未聽過的語氣大喊，「說到這裡就好了。」

明明是出言制止的一方，他卻像是自己受了傷一樣一臉悲痛。朔少爺斜眼看著他，不再說話，只有風聲呼嘯而過。

不久後，木場盯著地面，「你說得沒錯。」他緊握著香水瓶。

「小川，我差點做了和你母親一樣的事。」

「不一樣。」朔少爺面無表情地說。

「你無法面對的是小翔的病，而不是他的存在本身。」

木場扭曲地繃起了臉，「我真沒用。」他本來似乎是想要笑的，「這個先不用了。」他看著我。

寬闊的手掌忽地伸到我面前，塞進我手中的香水瓶因木場的體溫而發熱。

「小姑娘，妳可以再做那個果凍嗎？」

「好。」乾澀的喉嚨讓我無法順利發聲。

「謝謝妳。」

木場離去的沉重步伐像是要踏平土地，他隔著車窗和下屬說了些什麼，然後走向醫院，一次也不曾回頭。朔少爺眼睛眨也不眨地看著他的背影。

真不像朔少爺，他最後都一定會讓委託人自己作出選擇。就我所知，他不曾那樣強迫委託人握住香水瓶。

「砰」的聲音讓我回過神，新城回到了駕駛座上。朔少爺往海的方向走，我追上去。

「朔少爺。」

雖然出聲喚了他，但卻不知道該說什麼才好。朔少爺微微轉過頭。

「之前在警察局時，妳聽到置物櫃的事了吧。」

「啊，對。」

「妳不覺得很奇怪嗎？憑我的鼻子應該可以在嬰兒剛被遺棄時就發現才對，其實有些嬰兒那時候還有呼吸。」

那是試探的語氣，以朔少爺而言非常少見。就在我遲遲無法回應時，他瞇起了眼睛說道：「我沒辦法作判斷。」

「我救得了他們，但卻很猶豫。猶豫之下，我拋棄了他們，好幾次。」

我吸了口氣，「為什麼？」我回望著朔少爺，感覺他希望我這麼問。

「為什麼呢？或許是因為我的幼兒時期很黑暗吧。想聽嗎？」

他以迷離的眼神微笑著。啊～為什麼人在訴說痛苦的時候總是會想笑呢？

「我啊，被媽媽拋棄了，她一直不願意看著我。或者說，就像是只要不去看，就可以抹消我的存在一樣。但是，那一天，媽媽離家的那一天，她抱住了我，她說馬上就會回來，但抱著我的媽媽身上傳來說謊的臭味。正確來說，是為了不要被發現說謊而緊張的難聞體臭味。她一定是為了逃避與我的眼睛對視，所以才抱著我的吧，但是我就算不看別人的眼睛也知道是不是在說謊。就算媽媽不在了，再也不回來了，也會留下說謊的臭味，氣味是會一直殘留的，在記憶中，永遠地，不過大家都會逐漸忘去。」

沒錯，他是個無法遺忘的人，比其他人還要優秀的嗅覺不讓他遺忘，所以空洞會持續敞開地留在那裡。

感覺飄來了洋樓夜晚的氣味，他一個人被關在「記憶」這個沒有顏色也沒有形狀的永恆之瓶中。

沙沙，朔少爺腳邊的沙粒發出聲響，沙灘蠶食了停車場。

「不過新城倒是沒有忘呢，他明明記憶力很差，還真神奇。」

呵呵，柔和的笑聲被風捲走。我終於察覺，朔少爺之所以只會觸碰新城，是因為知道他不會離開。

「不過，我其實並不特別怨恨，畢竟我是個特殊的孩子，也明白有時候正是因為他們身為父母，所以更加不願正視。抱歉，嚇到妳了。」

朔少爺加快了腳步，他一定是想一個人靜一靜。不過，他必定也是同等地渴望著有人陪在身邊，我心中的某處希望朔少爺是這麼想的。

我伸出手，抓住朔少爺被海風吹鼓的寬鬆襯衫。

距離沙灘只差一點點，朔少爺的腳步停在了被白沙覆蓋的柏油路上。

「你拯救了木場警官和小翔。」

沉默。過了一會兒，他說：「還不知道呢。」

「不過，你已經盡力了。」

朔少爺一句話也沒說。

「我也曾經見死不救。」

我細聲道。

他聽見了嗎？還是沒聽見呢？我不知道。我正想再說一次時，朔少爺轉身。

他輕輕地碰了我抓住襯衫的手。

「妳的手很冰。」

然後，藏青色的深沉嗓音說著：「回去吧。」

7

Animal Note

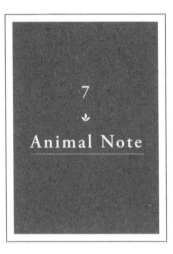

每當電話在夜晚響起，總會讓我幾乎停止呼吸。

同時，某種類似放棄的東西會讓我全身沉重，除了電話之外的所有一切都消失無蹤。深夜的黑暗之中只有我，和響個不停的電話。這一次，一定要接聽。我將堅硬的機器按在耳邊，我必須接受對著我發洩的言語。

「那一晚……」

我在黑暗的工作室中開口，海風的溼氣似乎還留在頭髮及皮膚上。

為什麼我會那樣坦白呢？事到如今才感到後悔。朔少爺一回到洋樓，就說：

「告訴我妳的故事。」

他深深地坐進椅子裡，雙腳蹺在矮凳上。朔少爺的表情和身體都融入了椅子，成為一團黑乎乎的影子，我只能勉強看見那雙伸長的腿。他以嗅覺看著，看著我散發出來的味道。

「你第一次打電話給我的時候，有那麼一瞬間我還以為是哥哥打來的。我以為是已經死去的哥哥從那個世界打電話給我，我是抱著壯士斷腕的決心接的。」

「決心。」深沉的嗓音複誦，和那晚一樣，沉穩的藏青色嗓音。接著，是彷彿要把人吸進去的沉默，和透過電話傳來的寂靜相同，那陣氣息緩緩地充斥我的胸臆。

「為什麼是決心？」

「因為我對哥哥見死不救。」

「妳剛才也說過這句話呢。」

從他的聲音中讀不出情緒。這間房間白天緊閉的窗簾到了日落就會打開，外頭有些微光，牆面架子上一整排無數香料瓶罐照射出模糊的光暈。在朔少爺手中化成萬千香氣的瓶罐，現在正在藍色的月光中安靜沉睡。

「我曾兩次，對他見死不救。」

我正打算說出從來沒和任何人說過的往事，簡直就像互相展露傷口的孩子一樣，我恍惚地想。差別在於我們之間沒有亢奮的情緒，也沒有著「或許能夠共享傷口」的無知期待。

我無法理解朔少爺的孤獨之深，也找不出安慰的話語，那麼至少，在被謊言傷害的朔少爺面前，我希望當個沒有謊言的人。所以，我只能這樣奉上我的秘密。

「第一次是哥哥國中的時候。哥哥和我差了三歲，但我們之間的距離比年齡造成的差距還大，從小就是這樣。」

「距離。」

朔少爺緩緩地複述。我謹慎地選擇用詞。

「他非常聰明，小學低年級時，將棋就能贏過爸爸和爺爺；計算的速度快得有些異於常人，書也只要看過一遍就能記住。親戚都吹捧他是個天才或神童，爸爸也讓他接觸工作上的電腦。在小學五、六年級的時候，爸媽買了個人電腦給他，不過我卻不允許碰電腦。」

「面試時妳說過妳不會用電腦。」

「對，我對那些真的很不熟。哥哥和我不一樣，他是個特別的孩子，可是……」

我吞了口唾沫，舌尖舔過的嘴唇很乾，或許是海風吹拂過的關係，感覺有一點點鹹味。朔少爺平常總是會為我倒藥草調的甘甜利口酒，但今天他卻坐在椅子上紋絲不動。

「哥哥某些部分很神經質，他不能忍受預料之外的事，或是自己的步調被打亂。只是東西放的位置稍微有點改變，他就會暴跳如雷，不能集中注意力；還曾經說我的手很髒，而把我推倒。」

朔少爺並沒有問我「妳覺得受傷了嗎」，但我卻像是在辯解般，說著：「我一直以為他就是這樣的人。」

「所以即使他這麼做的程度越來越誇張，我們家人也沒有發現。不，就算發現了，也只是覺得『他是個特別的孩子，沒辦法』，像是一種特權般由著他去。家中對哥哥來說應該有如天堂吧，但是學校就不一樣了。」

哥哥的任性妄為和潔癖在上了國中之後變得更嚴重，家裡每個人都認為那是因為他國中的升學考試失利，但就像避免觸犯禁忌一樣絕口不提。大約從那時起，爸爸開始很少回家，就連還是小學生的我都察覺到爸媽對哥哥失去了期待和興趣。而我只是個稍微會畫畫的普通小學生，打從一開始就不受期待，對於哥哥變得和我一樣普通，我不知道自己是高興還是覺得他活該。我記得的是每一次我們四目相接，他就老是要踢我，踢我的哥哥臉色蒼白，戴著厚厚一層鏡片的眼鏡，所以看不清楚表情。不知道他在哪裡學到的「踢人要踢腹部或背部」，這樣即使瘀青也不容易被發現。

那是某一天的放學，太陽開始下山了，我和朋友道別後，經過社區旁的公園時，聽見了笑聲，那是還留有一點稚嫩，會讓人格外留意的男孩笑聲。我全身反射性地緊繃了起來，想要快步走過，但眼睛卻四處偷瞄著狀況，那群人圍著立體格子鐵架大笑，我對他們的制服有印象。公園裡除了他們沒有別人，不知道是誰忘了帶走的黃色小鏟子掉在沙坑裡。「跳下來！跳下來！」他們仰頭喧譁著。「嗶～」拉得長長的口哨聲讓我嚇了一跳，往立體格子鐵架上看，我的視線凍結了。

那身制服我有印象，是哥哥在上面，但是他下半身卻一絲不掛，讓人不忍直視，看起來很不可靠的細瘦大腿，蒼白地浮現在寒冷的公園中。哥哥一手遮著陰部，以搖搖晃晃、不平穩的姿勢貼靠在立體格子鐵架上站著，即使從遠處也看得出來他在發抖。喧鬧的那群人中，有一人甩著像是哥哥褲子的東西。「快點跳下來啊！」有人這麼喊，眾人瞬間爆笑。哥哥的雙腳抖呀抖，看起來就快崩潰。

突然，眼鏡在夕陽的反光下閃了一閃，我感覺與他視線交會。

我別開臉、低著頭，直直盯著地面，強迫自己擺動雙腳。要是用跑的會被發現，我這麼覺得，於是屏住呼吸走開，同時背後傳來咒罵、蔑視、嘲笑哥哥的聲音。

我認為裝作沒看見是對哥哥最起碼的安慰，他雖然是我不曾喜歡過的血親，但依然是我的家人。

我沒有把這件事和爸媽說，那時候我一個月只會見到爸爸幾次面，媽媽也因為重回職場而忙得團團轉。哥哥不再踢我了，我是在哥哥不去上學之後，才發現他開始完全不看我的眼睛。

哥哥不再離開房間，他從房內鎖上門，就算媽媽怎麼哭、怎麼求，他仍舊連一句回應也沒有。他緊閉著窗簾，偶爾從門縫間流洩出來的，只有電腦畫面的人造藍白光。敲打鍵盤的規律聲響、點按滑鼠的聲音、放在走廊的空餐盤，僅有這些東西成為他還活著的證明。哥哥在學校好像遇到問題了，媽媽這麼對我說。我知道，雖然這麼想，但我說不出口。也是在那時候，我聽到了要將姓氏改成媽媽的舊姓若宮，聽說爸爸和公司的女人之間有了小孩。雖然家還是我們的家，不過爸爸已經不是我們的爸爸了，媽媽以平淡的語氣說。媽媽必須出去工作，所以她向我說出了家中的一切，然後，她就出門了。隔著一扇門，窺探哥哥的狀況成為了我的工作。

不過，我不曾主動和哥哥說話，那時候在公園裡看到的景象會再次復甦，讓我不知道該說什麼才好。「妳那時候對我見死不救」，我害怕哥哥這麼回應我。沒錯，我逃離了哥哥身邊，我拒絕一起背負他的恥辱。每當我在深夜感受到有人在家中窸窸窣窣走動的氣息，就會蓋上棉被包住眼睛和耳朵，哥哥成為了不能與之正面相對，鬼魂般的存在。

「之後呢？」朔少爺問。椅子發出輕微的嘎吱聲，黑暗的房內響起了機械聲響，空調機遲緩地低鳴著，不久後流洩出溫暖的空氣。我現在才發現自己的手腳已經完全凍僵了。

「即使老大不小了，哥哥還是不肯從房裡出來，媽媽本想讓他接受函授教育，不過那也念到一半就停了。我順利升上國中、高中，趁著就讀短期大學時離家住進宿舍，並一直隱瞞哥哥的事。」

即使是凡事為我著想的皋月，我也不曾對她提過哥哥的存在，就連他死時也一樣。就讀短期大學時我曾談過戀愛，但是，我也沒能和對方說出哥哥的事。我是個薄情的妹妹，假裝自己沒有哥哥和老家，感覺就像開始了新的人生。

「哥哥似乎不再正常進食，他會將媽媽煮的食物剩下來，只吃袋裝零食、甜麵包和微波食品。」

電話那頭，媽媽擔心著哥哥的健康，我則是隨便應付幾句，心想著，只要繼續待在那間房間裡，不管健不健康都沒有差別吧。和媽媽的對話總是讓人感到陰鬱，我們之間總有一種沒說出口的默契──「要到什麼時候？」哥哥要在房間裡關到什麼時候？我們究竟要照顧他到什麼時候？

「找到工作，在書店擔任店員第三年時，電話在深夜裡響了起來。有一瞬間，我以為是惡作劇電話，但仔細一看，是老家的電話號碼，但媽媽總是用她的手機打給我，而且也不曾在那麼晚的時間打電話。忽然，我想起了哥哥。不過，我已經超過十年沒和哥哥說過話了，或許當時心中某處有種『現在還來找我做什麼』的情緒，所以我沒有接電話。電話持續響了一陣子，但不久就歸於平靜。」

我吁了口氣，感覺哥哥在黑暗房間中的角落盯著我看。「朔少爺。」我這麼一叫，椅子就發出嘎吱聲，立燈的光線灑在地板上。

「妳不想說了嗎？」

朔少爺幾乎無聲無息地朝我走近，我搖搖頭。「我知道了。」白皙的手輕輕地摸著我的頭髮，然後又走回椅子去。

「隔天，我傳訊息給媽媽，她回訊說她正在出差。我那天是早班，下班之後我就回去老家。」

我還記得空曠的電車車廂內莫名地刺眼，原本過了中午還在下的雨，在我前往車站時停了，搭上電車後太陽從灰色的雲層間露出臉來。我沿著有些小騷動的乘客們視線看過去，天空的另一端出現了彩虹。明明美不勝收，我卻沒來由地背脊發涼。

許久未見的老家玄關比想像中的還要老舊，當我蹲下脫鞋子時，黴臭味掠過了我的鼻尖；走廊的嘎吱聲比以前還大聲，客廳和廚房都沒有人的氣息。哥哥現在竟然能夠消除自己的氣息到這種地步了嗎？我的心情變得沉重，嘆著氣走上樓，「咚、咚」地一階踩著一階。當我的視線和二樓地板齊平時，我的腳僵住了。

房間的門是開著的，我本來以為那是我的房間，但不是。隔壁哥哥的房門開了約三分之一，電腦畫面的藍白色光芒流洩到黑暗的走廊上，從那裡延伸出兩根細長的影子，那是隨時都會消失的淺淡影子。

我再往上踩了一階，往房內可以看見腳趾，是光腳。我又往前了一階，然後發現兩條腿懸浮在半空中，液體沿著大拇趾滴下。這是在做什麼？我內心這麼想，我是真的不知道發生了什麼事，直到我從門縫間看見哥哥的全貌。

「他上吊了，用電線上吊。老實說，我沒辦法判斷那是不是哥哥，滴著口水，一張臉腫脹，看起來就像完全不認識的男性。我只覺得是不認識的人擅闖我家，未經允許就在哥哥的房間內上吊。」

原來我是這麼想的嗎？我一邊說著，一邊像局外人似地看著我自己，我的雙唇比想像中還要流暢地敘述著第一次化成言語說出來的回憶。

「不過，那的確是哥哥。我哥哥，那是我的哥哥。半夜打電話給我的，似乎也是哥哥，是媽媽將家人的電話貼在冰箱上以防萬一。我，對哥哥見死不救了，兩次。」

朔少爺暫時陷入沉默，像是正慢慢地嗅吸著飄散在房間內的話語。就在我以為他不會再開口而想站起身時，「妳後悔嗎？」他問。

「我不知道。」

我老實回答。

「妳在等妳哥哥來帶走妳嗎？」

我猶豫著該怎麼回答才好，即使這樣回顧過往，我所認識的哥哥的樣貌也實在太少了。

「我理解哥哥不在了、那個家也不在了。我媽媽去年再婚，哥哥過世之後，我還是一如往常地工作。」

「不過面試的時候，當時妳說妳賦閒在家。」

「對，沒錯。過了一年之後，突然間我就沒辦法外出工作了。」

和男朋友也自然而然地不再見面，我開始像哥哥一樣過著日夜顛倒的生活，不斷吃著重口味的微波食品或甜麵包。就算對未來的不安化為恐懼與焦慮襲來，我的大腦依然朦朧渙散，感覺就像遙遠之處發生的事一樣。我像個第三者一樣，眼看著自己的身心逐漸腐爛。

「之前你說過我沒有生命力、壓抑著自己的情緒，你依然這麼認為嗎？在我說出一切之後。」

「妳的經驗無法拿他人的狀況來相比，所以老實說我不知道。妳的確不是個情緒化的人，對我來說這是非常好的事。不過，也有可能是妳天生如此，我無法判斷是不是妳哥哥的事讓妳改變了。」

「因為你不認識過去的我嗎？」

「對。」朔少爺起身，和平時一樣冷靜。

「天色已經很暗了，讓新城送妳回去吧，他從剛才開始就在房門外來來去去好幾次了。」

我完全沒注意到。「我還要再工作一下。」他打開門。

「我做一點簡單的晚餐再回去。」

這麼說完，朔少爺回以微笑，「太好了。」不過，除此之外他什麼也沒對我說，沒有對哥哥作出評論或表示任何同情，也沒有說「謝謝妳告訴我」。門在我身後關上了。

在走廊上寒冷的空氣中，我對自己期待著某些溫言暖語感到丟臉。光是朔少爺願意聽我說話，就應該要感到滿足了才是。

我小跑步下了樓，新城趴在餐桌上，「好久。」粗啞的聲音抱怨著。他到底抽了多少根菸？就算離他有一段距離，也聞得到臭味。

「而且還很冷。」

「越來越冷了呢。」

只有朔少爺的工作室有裝空調，明天要趕快從儲藏室裡搬暖爐出來才行。有事可忙讓我心存感激。

「我去泡茶。」

我也想喝所以這麼說。

「比起泡茶不如煮點東西，我快餓死了。」他哀哀叫著。

我走到廚房，從冷凍庫拿出加入豆子燉煮分裝好的義大利蔬菜湯，在解凍的同時，把昨天煮白肉時剩餘的高湯倒入保溫效果好的鑄鐵鍋中。將紅蘿蔔、馬鈴薯、洋蔥削皮後加入，開火。湯滾後轉小火，再放入切塊培根和數片月桂葉，剩下的只要交給爐火放置燉煮就好，等到竹籤能戳進紅蘿蔔後就輕輕倒入蕪菁。悶煮燉菜的期間，將冷凍白飯放進微波爐解凍，和義大利蔬菜湯攪拌後稍微煮一下，盛入盤中撒上起司與現磨黑胡椒，簡單的燉飯就做好了。端去給新城，還配上了之前做好的根莖類泡菜，而我給自己泡了德國洋甘菊茶。

「謝啦，一香小妹。」新城一邊大口吃著，一邊瞄了鍋子一眼。

「那是要給他的？」

「對，朔少爺不太喜歡冷凍過的食物。」

我坐在新城斜對面，雙手包覆著溫暖的馬克杯。吸入熱氣後，感覺僵硬的身體慢慢輕鬆下來。

「啊～麻煩的傢伙。妳知道他為什麼討厭外食嗎？因為討厭食物上沾到不認識的人手上的味道，他是動物嗎？還有洗碗海綿，說什麼上面有之前洗過的餐具和食物的味道，囉哩叭嗦。」

「因為這裡的海綿會分成餐具用和玻璃杯用的嘛，每次洗完也都會用熱水消毒。」

吃飯速度很快的新城不一會兒就掃空了盤子，他把湯匙丟在餐盤上。或許是不太會吃酸的，他小口小口地咬著泡菜。

「不過他倒是吃妳煮的東西呢。」

「畢竟他認識我，而且我也是按照他的食譜來做。」

「有什麼甜的嗎？」新城站起身，他的背影在晚上看起來總是比平常還要高大，或許是因為影子更深濃的關係。

「有加了核桃的紅蘿蔔蛋糕，不過不是很甜喔。」

「我要。」他說著走進廚房。我想起身時，「沒關係，沒關係，妳繼續喝就好。」他制止了我。

「我會自己弄來吃，妳喝完了就準備一下吧，我送妳回家。這個鍋子繼續煮就好了吧？我幫妳看著。」他背對著我說。

我還沒有調味，不過總感覺不好靠近那裡。「好。」我輕聲回答後，新城低語：「雖然從料理也可以看出不同，不過那個傢伙，更是從來沒有讓任何人進去過他的工作室和寢室。」

我抬起頭，黑色的眼珠從廚房直盯著我。

「就連我也是。」

隨著根莖類蔬菜燉煮時的溫和氣味緩緩飄散開來，這句話哽在我的胸口，留下堅硬的感觸。

「妳還記得那個腦袋有問題的美髮師嗎？」新城握著方向盤問。

「記得。」我都已經點頭了，他卻又緊接著補了一句：「喜歡某個女人的頭髮就監禁對方的傢伙。」

銀色的銳利剪刀在腦中閃現，「我還記得。」我加重了語氣。真不想在晚上想起這樣的事，我忍不住將視線放在車窗外的黑暗中。林中的道路只看得見車燈照射的範圍，其他部分全都覆蓋在黑暗之下，今晚連月光都沒有。

「他啊，被抓了。」

新城熟練地開著車。

「朔問那傢伙的問題，妳怎麼想？」

「什麼？」

「妳聽見了吧？」

他的側臉沒有任何變化，筆直地看著前方。新城也聽見了嗎？心跳逐漸加速。他不像朔少爺一樣具有看穿他人說謊的嗅覺，但一臉嚴肅的新城卻有著和朔少爺不同的恐怖之處。

「我記得……他問『占有她是什麼樣的感覺』吧？」

「用這種方式。」

「什麼？」我再次一臉呆愣地看著新城。

「他問的是『用這種方式占有她是什麼樣的感覺』，他非常執著於這個問題。他不會說謊，對自己的欲望也很誠實，所以我有點在意這件事，過了一陣子之後我就問他為什麼想知道那種事。」

車子穿過高級住宅區，在昏暗的街燈亮光中，安靜整齊的閑適街道上沒有人經過，帶著人造無機質感，感覺有一點可怕。

「他回答我『想知道執念和依戀的差別』。」

「執念和依戀……嗎？」

「對，他似乎想知道自己對妳是什麼感情。」

平常喊著的「一香小妹」不見了。

「他說以前從沒遇過像妳這種類型的人，所以漸漸地想把妳留在身邊，也討厭其他人的氣味沾到妳身上。不過在我看來，他執著的不是妳，是妳的味道。妳從來沒有表現出厭惡，而是非常聽話地照著他的指令做事；從頭到腳都用朔給妳的東西，連飲食習慣都改變了。根本可以說妳現在的體味是朔調製出來的，就像那個美髮師想要控管自己客戶的頭髮一樣……」

我的血液瞬間凝結。

「朔少爺和他不一樣。」

不由自主拔高的聲音，讓新城閃過一絲反應。

「他告訴我，他思考過自己和那個美髮師的差別在哪。」

車子因紅燈而停下，不知從何時起，四周的車輛多了起來。隔壁車道上的麵包車中，看起來坐著一家人，似乎是兄妹的兩個孩子黏著父母的座椅哈哈大笑，就像是遙遠國度的景色。

「朔不是那種會傷害妳的人。」

新城低聲喃喃道。

「不過可惜的是，他和那個美髮師還是有共通之處，那就是心底某處認為『人是不會改變的』，尤其是自己看中的人，所以只要對方有了變化就會受到打擊。人會隨著時間改變是理所當然的事，這很普通，那個美髮師為了控制產生的變化而做出那種事；但如果是朔的話，只要妳出現改變，他就會很乾脆地抽身，他就是這樣的人。」

燈號轉綠，後方傳來喇叭聲。新城嘖了一聲，踩下油門，街上五光十色的霓虹燈像融化了一般流逝而過。

「說到底，搞不清楚執念和依戀本身就是問題了，是在腦袋有問題的邊緣。」

「……你是為了我好才說這些的嗎？」

「誰知道。」我的聲音明明小如蚊蚋，新城卻依然粗魯地回應了我。

不用勉強自己留下來，也許新城想說的是這個。雖然最大的原因應該是擔心身為他工作的好搭檔，也是兒時就認識的朋友朔少爺。

但是，我想成為朔少爺工作室架子上一整排的香料瓶罐那樣的存在，我現在才清楚意識到這個心願。在洋樓的其中一間房間裡，散發出朔少爺賦予的獨一無二香氣，被關在玻璃瓶內，沒有一絲渾濁的透明身體暴露在朔少爺的視線之下。現在如此，未來如此。明明離洋樓越來越遠，我卻想著這些事。

我曾和源叔說過，第一次去洋樓時的情況就像〈要求很多的餐廳〉，故事的結尾，獵人們在千鈞一髮之際被獵犬所救，但如果一樣一樣接受了山中野獸的所有要求，整個人就會被生吞活剝吃掉。即使如此也沒關係，我心中的某處這麼想，只要這麼做，我就可以成為空殼。

這究竟是該如何形容的欲望呢？當他聞到這股欲望時，朔少爺會覺得我改變了嗎？

我腦中只想著這件事，新城在抵達我家門口之前已不再開口。我解開安全帶，他看著其他地方說：「紅蘿蔔蛋糕很好吃。」似乎是為自己的多管閒事感到不好意思。我道了謝後，目送車子離去，車子以和剛才完全不同的速度，瞬間消失得無影無蹤。

打開公寓的房門，有一股朔少爺寢室的味道，我發現麻布用的清潔劑也加了同樣的香味。

我慢慢深吸一口氣，讓自己沉浸在香氣中。

朔少爺開始在白色襯衫外多套一件毛衣，粗編的羊毛線，依然是寬鬆的款式，暖爐和羊毛的氣味讓人感受到冬天來了。

因為是靠海的城鎮，冬天不太下雪，不過園子已轉為整片褐色，源叔每天看著樹木園，閒散地過日子。料理中使用的香料也改以乾燥香草為主。

我正用奶油炒著麵粉準備要做白醬時，門鈴響了。距離訪客約好的時間應該還有三十分鐘才是，怎麼辦？現在離不開爐子。我還在慌張時，傳來源叔的聲音：「小姑娘，客人到了。」他們似乎是一起進門了，有好幾個人的腳步聲。

「不好意思，會客室還不夠暖和，請先坐這邊。」我大聲說道，在麵粉轉成咖啡色時關火。

「好香啊。」源叔走進廚房。

「今天吃奶油燉羔羊加八角和檸檬，前幾天朔少爺買了大量的瀨戶田有機檸檬。」

「這麼說起來妳好像做了很多東西呢。」

「我還釀了酒。」

源叔將棉布手套中拿著的鋁箔塊狀物「砰咚砰咚」地放在鍋墊上。

「今天的點心就吃烤地瓜怎麼樣？我用木屋的暖爐烤的喔。」

「哇，太棒了，謝謝。夾著奶油一起吃吧。」

「噢，好像很好吃呢。」

我們熱切談論著，而新城在背後用鼻音濃重的聲音說：「啊～不行了，我的鼻子完全聞不到味道。」然後一陣狂咳。

「不要把感冒傳染給老人家，你這個夭壽骨。」

被源叔罵了以後，新城縮成一團。

「請問客人呢？」

新城身邊沒有其他人。

「啊，她說要在會客室等，已經是老客戶了。」

新城邊咳邊說。源叔一臉明顯的嫌惡表情，他把圍在自己脖子上的毛巾塞過去。

「用這個把嘴巴摀住。」

「嗯，才不要，老頭子的臭汗巾。」

我推開打打鬧鬧的兩人，向會客室走去，敲門進入之後，站在窗邊的女人轉過頭。一眼，就留下了強烈的印象：黑色的皮夾克剛剛好地包覆身體曲線，與下顎線齊平的黑髮散發出水潤光澤，修長的四肢讓我想到健美的肉食動物。

不，不對，讓我作此聯想的是氣味，她身上有一股如同優雅野獸般的香氣。畫了粗眼線的細長雙眼看著我，散發出一種一旦受到迷惑就再也逃不了的危險氣息。

「很抱歉，這裡很冷吧。」

我撇開視線，調高煤油爐的溫度，在玄關旁的這間房間最冷。我正想著去拿小毯子時，女子倏地指著我，露出鮮紅色的指甲。

「妳受傷了嗎？」

女子用比想像中還要更甜美的聲音問道，我看了看她指著的袖口，上面沾著已經變成咖啡色的汙漬。

「不是，我想應該是……」

話到一半，突然說不下去了，女子的眼睛迸射出光芒。那裡面，不知為何有著亢奮，然而又不是熱切的暖意，她的眼神中細細燃燒著冷酷無情的冰冷火焰。

會客室突然發出「砰」的關門聲，女子赫地警戒起來。一隻手還握在門把上的朔少爺瞇起了眼睛。

「不是的，仁奈小姐，那是羔羊的血，不過已經和香草束及八角一起下去燉煮了。妳比較喜歡生肉吧？」

被稱為仁奈小姐的女子撇過頭，「你還是一樣壞心眼呢，」她坐在沙發上蹺起腿，「明明知道我對家畜的血沒興趣。」

朔少爺並沒有回應這句話，只說了「好久不見」。

「因為我離開了日本一陣子。」

「似乎是這樣呢，妳的體味稍微改變了。如果今天也想要皮革調香味的話，肉桂要不要再加強一點？」

「交給你了。」

聽到這個回答後，我才終於發現她的香氣也是朔少爺製作的。仔細一想，這還是我第一次見到將朔少爺調配的香味使用在身上的人。進出這裡的人大多都懷有秘密，是為了極私人的目的而訂製朔少爺的香氣，因此我很少見到客戶實際使用的樣子。

我再次仔細觀察名叫仁奈的女子，幾乎就要喟嘆出聲。那獨特的香氣絕妙地凸顯了她的魅力，朔少爺的工作實在令人讚嘆。

「那麼，請稍等一下。」朔少爺用眼神示意我同時走到門外，我跟在他後方。一關上門，他一臉受不了地說：「讓那個笨蛋蒸鼻子。」是在指新城。

「還有告訴他，我實在無法理解為什麼要到靠鼻子工作的調香師家裡散播感冒病毒。」

「要加哪些東西？」

「尤加利、百里香、療肺草、檸檬香蜂草、南天竹、錦葵、光風輪。精油用香檸檬和絲柏。」

一口氣說完，他就走上三樓了。源叔和新城在餐桌吃烤地瓜，源叔將自己的熱水壺放在暖爐上煮京都粗茶，新城一咳嗽，地瓜屑就噴得到處都是。「要蒸鼻子了。」我一說，新城就「蛤?!」一聲站起身。

「這是朔少爺的指示。」

「我要回去了。」

「我覺得你以後會被禁止出入喔。」

新城重重地坐回椅子上，我在鍋子和熱水壺中都倒滿水，然後開大火。在等待水滾的期間，我也到餐桌邊喝了一杯京都粗茶，煮得濃濃的煙燻香味很適合源叔。或許人在找到最適合自己的香氣之後，輪廓就會鮮明起來，我想起了仁奈小姐。

「那是一位漂亮的女士呢。」

我輕聲這麼說完，新城就一副苦瓜臉。他不是最喜歡豔麗的女性了嗎？

「她是超級美女沒錯，但很危險。」他悄聲說。

「是演員或模特兒嗎？」

「不是，我記得是什麼設計師之類的，只是她的親人是『那種世界』的人——他老爸是某個大型幫派的下一任幫主。所以呢，沒有人敢違逆她，想做什麼就做什麼，反正發生任何事都可以搓掉。對我喔，她是只看著我的腳說話。」

「她搓掉過什麼事嗎？」我一問完，新城就劇烈咳嗽，他用沙啞的聲音說：

「這個超有名的。」然後瞄了一眼會客室的方向。

「只要和她睡過就會落得滿身是血的下場。」

我想起了她看到袖子上血漬時的表情。

「妳也知道她兼具性感和美貌，所以男人一個接一個地黏上去，可是從沒有人全身而退，幾乎所有人都被送到醫院去了。然後呢，也沒有半個人願意說發生什麼事。一開始我以為是她老爸私下動手的，可是聽說是那個女的幹的，那是她的興趣。」

「興趣？」

新城一臉無力地看著同時歪頭充滿疑惑的我和源叔。

「我的喉嚨很痛啊……受不了你們。就是超級虐待狂，喜歡看別人痛苦的樣子。有人看到沾滿了鮮紅色的床墊從那個女人的房間裡搬出來，還有謠言說她是吸血鬼。」

「該怎麼說呢，」源叔苦笑著，「總之，應該是雙方都同意的吧，這種事。」

他開明地回應。

「以男女逢場作戲來說太超過了啦。」

熱水壺的笛聲響了，所以我離開位子。在琺瑯製的大臉盆中放入朔少爺說的香草，倒入鍋子燒開的熱水，並在裡面加入幾滴精油後，端到新城面前。源叔也來幫忙了，我讓新城彎腰上半身懸在臉盆上，然後往他的頭蓋上大毛巾。

「好，嘴巴張大一點吸入熱氣。」

「嗚嘔！臭死了這個！好燙！」

蓋著大毛巾的新城悶哼著大叫，源叔則捧腹大笑。

「維持這樣至少十分鐘喔。」我叮嚀他，然後回到廚房泡加了薑的紅茶。

進入會客室之後，朔少爺已經從工作室回來了，他戴著眼鏡正將香水瓶收進白盒子裡。我一端上茶，仁奈小姐就以甜美的聲音說：「謝謝。」雖然我不是真的相信新城說的話，但還是翻摺袖口將汙漬隱藏起來。接著，仁奈小姐越過我向朔少爺繼續說道：

「今天可以再委託你一件事嗎？」

「好。」朔少爺雙手環胸。我錯失了離開的時機，只好將托盤夾在身側站在朔少爺坐的沙發旁。朔少爺既沒有做出可以離開的暗號，也沒有做出希望我留下的暗號。

「幫我做那款香氣。」

朔少爺的眼珠微微地動了。

「之前我拜託過你的，說若是時候到了，要你幫我製作傷口的氣味。」

「我還記得。」

「我有了喜歡的人。」

仁奈小姐綻笑得如花朵般燦爛，朔少爺靜靜地拿下銀框眼鏡收入胸前口袋。

「我之前也勸告過了，有時候味道會讓人越聞越眷戀，尤其是當那股欲望越強烈就越是如此，很可能會令人無法好好抑制自己。」

就像讓餓著肚子的孩子聞烤蛋糕的味道一樣，朔少爺說出了之前在談及藤崎小姐時曾說過的話。那是對所愛男人的肌膚氣味瘋狂，進而引發社會事件的女子。

「你是說我可能會背地裡偷吃？會沒辦法忍耐？」

仁奈小姐一副打從心底覺得可笑的語氣說。我看見她那白皙健康的牙齒，讓人感受到她有著教養良好的成長背景。

「我沒想過要傷害對方，無論身心都是，所以才會拜託你。」

「可是妳……」

「沒錯，我是喜歡人血，必須聞到傷口的氣味才能讓我興奮。當我這麼坦白時，你並沒有否定我扭曲的欲望，也不像其他人一樣要我去醫院。你不是說了願意協助我和這樣的欲望共存嗎？為什麼卻又一副這麼為難的表情？」

我無意識地看向朔少爺的臉，帶著灰色的眼眸並沒有迷離出神，而是清晰地映照出仁奈小姐的身影。

「我不是為難，只是猶豫。」

「猶豫不是你的工作吧，請尊重我的選擇。」

沒錯，這就是朔少爺一直以來的做法。

「說得也是，」深沉的聲音回答道，「我們就將妳的欲望製作成香氣裝入瓶中吧。」

「謝謝。」仁奈小姐起身。

「這樣子，我就可以不必傷害我喜歡的人了。」

這麼說完，她看著我說：「謝謝招待。」她的微笑果然嫵媚，同為女人，我的心臟也漏跳了一拍。或許仁奈小姐重視的人是一位女性，朔少爺是否從氣味裡察覺到了呢？

「我會盡早完成。」

依然坐在沙發上的朔少爺說。「那就太好了，」仁奈小姐的眼神露出笑容，「再會。」她深深低下頭之後走出了會客室，接著在隔壁的房間裡響起新城驚慌失措的聲音和仁奈小姐的笑聲。

「接送她是那傢伙的工作。」朔少爺終於笑了。

「朔少爺，」我撤下已經冷掉的紅茶。

「仁奈小姐的選擇不是在說謊，她不想傷害對方的心情，以及她內心的欲望兩者都是真實的，一定是。所以她才想以擁有秘密香氣的方式，同時達成這兩個心願，雖然我不知道結果會如何。」

朔少爺稍微抬頭看了我一下，又馬上撇開視線。

「沒有道德倫理觀，如同野獸般的生物，有可能和他人在一起嗎？」

「朔少爺？」

我反問以後，他迅速站起身。就這樣，焦距迷離的雙眼一瞬也不瞬。雖然心想他可能會覺得我很煩，但我還是試著出聲喚他，「那個……」來改變個話題好了。

「朔少爺，我用之前的檸檬釀了檸檬酒，可以請你喝喝看嗎？」

「知道了，」朔少爺依然以迷離的眼神說，「可以在工作室喝嗎？」

我下意識地猶疑，不想和他對上眼睛，「好，那我馬上端過去。」我將茶杯放上托盤，急急忙忙地離開會客室。餐廳沒有人在，桌上丟著臉盆和揉成團的鋁箔紙，以及掉得到處都是的地瓜皮。我一邊收拾殘局，情緒也慢慢平穩下來。

今天的朔少爺有點奇怪，他平時從不會煩惱該不該製作委託人訂製的香味，而是會交給委託人自己決定是否真的要收下，即使等在前方的是毀滅也一樣，他的工作內容就是如此。一開始我覺得這種態度太不負責任也太無情了，也曾經困惑過，但是朔少爺並沒有因此動搖，不知不覺間，他的態度讓我開始感到安心。

或許他像小翔那時候一樣，回想起了小時候的日子。

我留意著不要讓沉在酒瓶底部的檸檬皮掉進杯中，在玻璃杯裡倒入濃稠的黃色液體。只倒了淺淺的數公厘，要是事先向朔少爺借用放在工作室裡的利口酒杯就好了。

檸檬酒呈現出集春光於一身的色調，我將其對著窗外照光，瞬間吹散了冬天寒冷的灰濛天空，或許朔少爺也會因此打起精神。

我單手拿著玻璃杯上樓，剛打過蠟的扶手反射著焦糖色澤。敲了敲深茶色的門，「請進。」一藏青色的聲音回答。
門上的金屬握把冷冽刺骨，推開門，裡面一片黑暗。
空氣在震動，一陣寒意撫上我的臉頰。
我身處在一股氣味之中。
藍白色，死亡的氣味。
酒杯四碎在腳邊的地板上。

8

Last Note

在我剛開始到洋樓工作不久時，朔少爺說過。

——香味會直接傳送到大腦的海馬迴，被永遠記憶下來

但是卻沒有人察覺這個會成為永遠，直到再次遇見等同於記憶抽屜的香氣為止。

那是在會客室，梅雨季剛過，在溫柔和煦的陽光中，朔少爺坐在沙發上，用深沉的藏青色嗓音告訴我的。當時我正為家具及窗框上蠟，古老木材反射著穩重的光澤，手中髒了的毛巾散發出來的應該是薰衣草的香味。

我還記得。我想要緊抓住那安穩的記憶。

然而灰泥牆壁出現了裂縫，碎成粉末四散。在地板上灑下星星點點暖色光芒的立燈、樓梯扶手的裝飾、用慣了的廚房、整齊排列著罐裝食品和乾燥香草的儲藏室、綠色的菜園、香料架，洋房一切的一切都崩塌得看不出原形。

朔少爺，我連呼喚他都無法。

木地板消失，我跌落黑暗的記憶深處。

那裡晦暗不明，只有電腦螢幕發出的藍色冷光隱隱約約映射出房間的輪廓。塵埃與酸腐的體臭味、悶滯的空氣，以及帶著微量類似藥品的藍白色氣味。

眼前有個正在發光的畫面，在兒童用的書桌上，放著一臺大得不成比例的螢幕。鍵盤上的英文字母多處磨損，閃耀著黑色光芒的滑鼠就像巨大的甲蟲；電腦運轉的聲音化成微弱的震動嗡嗡響著，桌子下方及旁邊散亂的四方形機械盒子內有著黃色或綠色閃閃爍爍的光點；無數的電線交纏，連接到牆上的插座，成為一個個凸起物。

這個房間裡的時間明明是停止的，卻只有電子機器活著，不斷進化為最新產品。哥哥不可能有存款，是媽媽給他的吧。

期待、寵溺、長久不願正視的結果，就在我背後。沒有任何一點幼時的痕跡，醜陋鬆垮的男子，正滴著口水垂吊在空中。

我無法轉身。

只能盯著這間房裡，唯一散發出存在感的電腦，動彈不得。

會不會後方的空殼不是哥哥，發出藍白光芒的這個物品才是哥哥呢？說不定哥哥是脫去了麻煩的皮囊轉而待在這裡。不現實的想法閃過我的腦海。

螢幕中排列著像蟲子一樣的東西。

無生命力的文字。

哥哥最後的隻字片語。

我湊上前去，瞇起眼，手撐在桌上。指尖碰到滑鼠，不冷也不熱的塑膠觸感在腦中復甦，滑鼠散發出嚎叫般刺眼的紅色光芒。

下一瞬間，畫面整個消失了。

文字變成整片的黑。

我的喉頭深處嗚咽悲鳴。

等一下。

我抓著滑鼠「喀喀喀」地點按，指尖感受到粗糙的凹凸，當我判斷出那是皮脂汙垢時，背後爬滿了雞皮疙瘩。

畫面仍舊一片黑。

我再次大叫，等一下、等一下。

消失了。

哥哥的，哥哥最後的——

「什麼東西消失了？」

一道平靜的聲音。

當我回神時，我正站在朔少爺的工作室裡，牆上排列著一整面的香料和利口酒。拉上窗簾的昏暗房間，沉穩如深海的空氣。

但是，不一樣。四周飄散著和平常不一樣的氣味，雞皮疙瘩仍未消去。

手上拿著銀色香水噴霧瓶的朔少爺緊盯著我，帶著灰色的瞳孔融入微暗中，更顯得眼白處的白皙。

「我……剛才，把哥哥……在哥哥的房間裡……」

「是這股香氣讓妳回想起來的。」

朔少爺緩緩舉起一隻手，銀色的容器散發出鈍澀的光芒。

「畢竟妳不會用電腦。這是重現電腦四周氣味的香氣，裡面有靜電獨特的臭氧氣味，加上堆積在機器上的灰塵發熱後產生的味道，再搭配清洗電路板時使用的化學藥劑味。無論什麼樣的東西都會產生味道喔。」

「電腦的味道……」

「沒錯。即使沒有意識到，妳的身體也知道這股氣味，然後在無意識間避開它。人呀，連對自己都會說謊喔。」

朔少爺用沒有溫度的聲音說著，將噴霧瓶的噴嘴朝著我，他的食指動了一下。

我想也不想，伸出雙手按住朔少爺的手，那是隻冰冷的手。

我對自己的舉動感到驚訝。

但是，身體抗拒著那股味道，我不想再聞到了，我不想要再憶起，我實在無法鬆手。怎麼辦？腦袋一片空白，剛才的記憶再次閃現。我那時做了什麼？我喊了什麼？

好可怕。

手背被輕輕地摸了一下，我倏地抬起頭。

「別擔心，」朔少爺說，「我不會再噴了。」

他以和緩、溫柔的動作拉開我的手，我全身脫力，跌坐在地板上。

「……那一天，哥哥上吊的那一天，電腦畫面上有些文字，但在我碰了電腦之後，就消失了。那或許是哥哥、哥哥最後想說的話呀。」

朔少爺依然站著，藏青色的聲音落下：

「意思是那是遺言嗎？」

「我不知道……我沒有看到，在我看清楚之前它就消失了。」

「是妳刪除的嗎？」

「也許是……我碰了電腦以後就消失了，畫面突然一片黑暗，然後電腦就不會動了。」

一陣短暫的沉默。

「為什麼會這樣呢？也許是事先設定好了，時間一到就會消失。」

搖搖頭，我想起了一切。

我沒有重新開機，沒有請電腦業者調查裡面的內容，也沒有告訴媽媽關於電腦的事。或許留有哥哥生前最後一句話的電腦，隨著房間裡為數不多的家具一起被報廢了。

因為我不想看。

我不想知道長期關在房間裡，形同陌生人的哥哥，他腦中那些或許是要向我們發洩怒氣的話。

「不，是我刪除的，因為我已經到了極限。我覺得他很任性，任性地關在房裡，束縛著我們，然後又自顧自地留下幾句話就離開。」

我盯著地板的木紋，在已經習慣黑暗的眼中映照出波浪般的花紋。平滑的曲線和黑色橢圓形都不會幻化成哥哥的臉，因為我不記得他的臉了。

「我想我很生氣，對於自我了斷的哥哥，我既不憐憫也不後悔，也沒有失去親人的痛苦或悲傷，甚至不能體會他的心情。就算是只有我和媽媽出席的喪禮結束，過了好一段時間，我還是一樣，什麼情緒都沒有，和我有血緣關係的親哥哥死了，我卻沒有感覺。」

好痛苦。我如嘔吐般接連說著。

「但是，我也隱瞞了哥哥的存在，我不像媽媽那樣養過他，而是逃走了。我也很任性，可是卻裝作自己已經累了，拋棄哥哥最後的遺言。我決定當成自己從來沒有哥哥，就連這件事我都自私地遺忘了。」

「沉重到喪失記憶的罪惡感。」

朔少爺輕聲道。

「妳的內心無法承受這股罪惡感，所以才會塵封記憶，壓抑住情感。」

一雙皮鞋向我靠近，是朔少爺很喜歡，帶著圓弧形，用柔軟羊皮製作的鞋子。

「親情這種情感我也不懂，也不覺得有需要。不過，至少我知道不是只有流淚才是悲傷的表現，這一定是妳的哀悼方式。」

「哀悼……」

「沒錯，妳之前都在服喪，用緊閉心扉的方式。」

白皙的手伸向我的面前。

「好了，起來吧，玻璃碎片很危險。」

這麼一說我才終於想起我打破了檸檬酒的杯子。

「……朔少爺。」我抬起頭，眼神交會。帶著灰色、迷離的眼神包覆著我，表情和語氣都很溫柔，支撐著我的手臂也是。

但是，我卻感到有種奇妙的不對勁，或許是因為殘留在這間房裡的味道。

「朔少爺？」

我探詢著他的雙眼，感覺裡面有某種東西。

朔少爺平靜地微笑，即使在黑暗的房間裡也看得一清二楚，因為這段時間我一直關注著朔少爺的表情及動作等任何微小的變化，就像眺望森林、菜園或天空一樣，在這裡生活時的每一天都是如此。

「我去叫計程車。」

我忍不住依戀地看著他，腦袋還很混亂，但卻反射性地想著「我現在不想離開這裡」。

「妳已經不會有事了，回到家後溫暖身體、好好地睡一覺，這裡我來收拾就好。」

朔少爺催著我下樓，讓我坐在椅子上，嗅聞香氣清冽的精油，他說是緩和頭痛時使用的胡椒薄荷，不過我覺得裡面還混合了其他的香味。頭腦的昏沉雖然好了一些，但四肢卻變得越來越沉重。

「朔少爺。」

我叫住朔少爺，但他完全不看我的眼睛，他走到廚房，水流聲嘩啦嘩啦響起。過了幾秒後，我想起仁奈小姐用過的茶杯還放在流理臺中。掛鐘的指針顯示才過了不到一個小時，感覺卻像是很久以前的事了。

一瞬間世界完全改變了，只因朔少爺製作的那股香氣。

我是個大騙子。

雖然很介意讓朔少爺清洗碗盤，以及在工作室摔破的檸檬酒的玻璃杯，但身體卻動彈不得。

「車子來了。」朔少爺在門鈴聲響起前更早一步察覺，協助我搭進了計程車，在門將要關上時，我彷彿聽見了「再見」。

抵達公寓後我半爬半走地上了樓，沒有胃口，身體也很沉重，但還是照朔少爺說的在浴缸裡裝滿水。我抱著膝蓋泡入水中，放下浴巾後，身體忽地鬆軟了起來，同時視線開始模糊，眼淚撲簌落下，在熱水中滴出一圈一圈漣漪。

我嗚咽出聲，一邊呼出陣陣上湧的熱氣，一邊斷斷續續地哽咽著「對不起」。好幾次、好幾次，明知他聽不見，我還是停不下來。

對於我消除記憶的事、對於我不曾感到悲傷的事、對於我不願聽他說話的事，我非常後悔，但長久以來背負著的歉疚卻開始變輕了。

就算回想起自己做的那些事，我也已經能夠不失去自我了。

——妳已經不會有事了。

朔少爺說得沒錯，彷彿一點一點溶入熱水般，我感覺到哥哥正慢慢成為過去。

我也為這件事道歉，然後不斷哭著直到哭不出聲。

隔天，我在腫起的眼皮敷上大量化妝水後出門，在隨時都會下起雪的厚重天空下，我搭上平時的公車，走在平時的道路上，朝著洋樓前進。

用凍僵的手指開了鎖後，洋樓裡刺骨得呼吸都要冒出白煙。

我打開各個角落的暖爐，走向廚房，餐桌和廚房的桌上都不見紙條，若是平常，朔少爺都會先準備好他想吃的料理的食譜。我思考著來做點什麼，同時將熱水壺放上瓦斯爐煮了熱開水。不久後，傳來下樓的腳步聲，那是朔少爺安靜的腳步聲。

「早安。」

沒有回應。我從廚房露出臉，披著長罩衫的朔少爺站在餐桌旁。

我們之間有著奇怪的距離。怎麼了？就在我這麼想的瞬間，耳邊傳來僵硬的聲音。

「為什麼妳會出現？」

什麼？我本來想這麼說的，卻發不出聲音，只是呆愣地張開了嘴巴，朔少爺的頭突然偏向一邊。

「妳已經自由了，沒有東西可以再束縛妳了。」

「束縛……嗎？」

「妳昨天睡得很好吧。」

朔少爺微笑，真是莫名好看的臉，我心想。明明我之前從來沒這麼想過，心臟撲通撲通地跳著。

「妳明白昨天我對妳做的事代表什麼意思嗎？」

「你把我的記憶……」

「我啊，」他打斷我的話，「一直在利用妳的傷口。」

「利用……」

我覺得自己像個笨蛋似地，只是重複著他的話，我不明白朔少爺想說什麼。

「像那樣釋放妳的情緒是一件很簡單的事，但我卻遲遲沒有這麼做，妳知道是為什麼嗎？」

朔少爺不等我回答。

「因為這樣對我來說比較有利。」

「啪啦」，我的腦海中有某樣東西碎裂了。以前，我曾經問過他為什麼選擇雇用我。

——妳的體味不擾人，因為妳的情緒起伏比他人平穩的關係。

朔少爺沒有絲毫遲疑地回答，前陣子新城也說過了。

——只要妳出現改變，他就會很乾脆地抽身。

這樣啊，我心想。我清楚感受到，心寒讓我的手腳越來越冰冷。朔少爺總是讓委託者自行選擇，無論是不道德的香氣，或是禁忌的香氣，不管什麼樣的欲望他都能接受並製作，最終他都會讓委託者作選擇。朔少爺拒絕的只有謊言而已。

昨天的香氣並不是為了我而調製的，那是朔少爺自己的選擇。我這個人，究竟有多遲鈍啊。

朔少爺依然帶著笑，雙手交叉抱胸，我因為覺得丟臉而無法看向他的臉。一閉上眼睛，腦中就浮現出工作室裡整齊排列的香料瓶罐，在朔少爺身邊靜靜沉睡的那些香料，我無法成為其中之一。

「未使用的香水不能照到光，因為會產生質變，要在陰暗、沉寂的地方，靜靜等待解開束縛。而妳的時間到了，產生了變化就要離開這裡。」

和平常一樣沉穩的聲音，化為銳利的尖刺刺進我的心中。好痛、好痛，我不想聽。

我幾乎大叫出聲，所以咬緊了嘴唇。

這份情感也被朔少爺聞了出來，而這樣的味道對他來說很不愉快。朔少爺迅速從胸前口袋拿出銀框眼鏡戴上，這是他結束和客人的談話後會做出的舉動。

朔少爺一點也沒變，只有我一個人變了。

我挺直背脊，雙手交握低下頭。

「謝謝你。」

「我也是。」

直到最後，我都無法直視他毫不猶豫這麼說的臉。

朔少爺立刻就上了二樓，我準備好的熱開水他碰也沒碰。我以最快的速度整理好自己的物品，離開了洋樓，正當我猶豫著要不要上鎖時，背後傳來聲音：「妳今天還真晚呢，小姑娘。」源叔隨著車輪喀啦喀啦作響的聲音從大門走進來，手推車裡堆滿了黑漆漆的落葉，看來他是到森林裡挖菜園要用的腐植土了。

「今天還真冷呢，好想喝點熱呼呼的酒粕湯啊，裡面要加很多牛蒡和生薑，但朔少爺應該不喜歡吧。」

他以棉布手套揉著鼻子，一陣冷風吹來，「嗚哇！」他縮起了脖子。

這裡的生活，除了我以外，都會毫無變化地持續下去。不論是源叔或新城，對朔少爺來說都和洋樓一樣，是相同的日常景色之一。除了我以外。

「源叔，我沒辦法做酒粕湯。」

「他果然不喜歡這種鄉下食物，畢竟朔少爺喜歡的都是加了香草的料理嘛。」

「不是的，謝謝你之前對我的照顧。」

我一低下頭，源叔的笑容立刻消失。

「怎麼了，小姑娘？」

源叔丟下手推車向我走來，我心想著非露出笑容不可。

「別擔心，這裡已經不需要我了。」

「妳說什麼？他這麼跟妳說嗎？」

源叔的臉一下子脹紅了，他想抓住我的肩膀，但突然發現自己手上是骯髒的棉布手套，而一臉不好意思地張開雙臂，我自然而然地笑了。

「不是的，朔少爺沒有這麼說。不過，我想不會有錯，是我太得意忘形了。」

我在心中某處有著淡淡的期待，知曉形形色色委託者的人生、談天、用餐、互相坦承自己的過去，我以為只要這樣繼續留在朔少爺身邊，就可以成為理解他的人，我以為總有一天能夠觸碰到他那孤獨的靈魂。

但是，之前他說過了，沒有能夠理解他的人存在，他一定也不需要這樣的人。我終究是不行。

「源叔，是你告訴我，即使在陰暗無光的黑夜中，朔少爺也看得見花開，你說他看待世界的方式和其他人不同。」

「那是……」源叔遲疑了。

「別擔心，這裡不是我該待的地方，就只是這樣而已。」化成言語說出口之後，感覺有如春風拂頂。沒錯，就只是這樣而已。

「他對妳做了什麼？」

源叔低聲問道，他努力不流露出責備的語氣，我知道這是他笨拙地在顧慮我。

「他給了我懲罰的香氣。」

「懲罰？」

「對。」我點頭。我不得不面對的情感與過去，是朔少爺讓我回想起來，在哥哥懼怕的外面世界活下去是我的贖罪方式。

「現在才發現，我非常喜歡這裡。」

乾燥的冷風吹過，鼻子深處一陣酸澀。「源叔，快走吧，太冷了。」我笑著推他包裹著厚實衣物的背，催著他離去。

源叔幾次回頭，然後消失在準備過冬的菜園中，直到最後，他都一副想說點什麼的樣子。

我把鑰匙放入郵箱，離開寒風捲起落葉的森林。

離開朔少爺的住處後，我直接到書店買了打工情報雜誌，對於在賣場整理書架的皐月，我只簡單回報了「任期結束」。雖然她有各式各樣的疑問，不過我並沒有說出和朔少爺之間發生的事。

我註冊了幾個派遣公司，只要有工作進來我什麼都接，活動人員、試吃販售人員、工廠員工、接線生，沒有一個職場不是充滿了學習，光是要跟上其他人就用盡了我所有的精力，每當工作結束我總是累得倒頭就睡。即使如此，我還是一件接一件地接下工作，即使勉強也繼續做下去，我害怕有任何一天休息，感覺會和以前一樣再也踏不出房門。

皐月擔心我的身體，所以有時候會約我吃火鍋。與他人同桌吃飯，會讓我想起和朔少爺他們相處的日子而心中難受，但我還是笑著用餐。好好吃飯、睡覺，保持健康狀態工作，這是我在洋樓生活的每一天所學到的事。

「一香，總覺得妳的表情變豐富了呢。」

喝了氣泡酒而臉紅的皐月這麼說。「嗯，我也這麼覺得。」我承認。我還是有點害怕酒精飲料。我將煮透的白菜和雞肉丸盛裝到各自的盤中，「我不要這個，好苦。」皐月用筷子挑掉茼蒿。

「明明就很好吃！」我嘟起嘴。「妳的食量也變大了呢！」皐月隔著熱氣瞇起眼說。

「因為我決定要活下去了。」

「什麼東西啊！」她笑了，「妳不是一直活著嗎？」

直率的話語敲在我的心上。皐月在我脆弱的時候、逃避的時候，以及在我自己不知道的地方發生改變的時候，她都依然笑著守護著我。

原來還有這樣的陪伴方式，我感到苦澀。

「謝謝妳。」

我輕聲說完，視線變得模糊。

「怎麼了，一香，妳在哭嗎？」

皐月從盤子中抬起頭。

「我好像有點醉了。」

嘿嘿，我笑著。淚珠啪嗒啪嗒地落下，在我不斷地吸鼻子之後，感覺終於停了，我吁了口氣。

「吃吧吃吧，打起精神！」

皐月不停把菜夾到我的盤子裡，安靜地吃了一陣。「對了，最後妳要煮粥還是中華麵？」我改變話題。皐月很有精神地回答：「兩個都要！」

「聽我說，書店前方的廣場架起了一棵超大的聖誕樹喔！」

「好懷念喔，那裡每年都有聖誕市集呢。」

「嗯，來喝熱紅酒嘛！」

在紅酒中加入少許白蘭地、檸檬與柑橘及薑片、肉桂、丁香、小荳蔻、肉豆蔻、多香果，然後放入迷迭香，配方在我腦中一一浮現，朔少爺喜歡用蜂蜜取代砂糖增添甜味。

「說到聖誕樹，有一種日本冷杉的利口酒，叫做『Sapin』。」

「哦？綠色的嗎？」

「黃綠色的吧，透明的。」

「好喝嗎？」

我努力回想味道，但卻想不太起來，香味和口味都在記憶中逐漸淡去。

「大概是像松脂那樣的味道吧……輕盈的感覺。」

「怎麼好像很難喝。」

「有些鄉下地方為了保留傳統而製作，聽說具有殺菌效果。」

據信杉樹可以驅除穢氣。朔少爺的聲音在腦中響起。聖誕花圈用的柊樹葉也是一樣，中世紀的歐洲人為了防止魔物進入家中，所以才將帶有香氣的植物及花卉掛在門上或窗邊。人們認為常綠的葉子富含生命力。之後這個家的花圈要用香草製作。等天氣再乾燥一點也來做波曼德吧。

波曼德？我反問。這是可以除魔的香草球喔，朔少爺向我微笑。而我還沒能學到製作方式，就離開了洋樓。

「除魔……」

我用皋月聽不見的音量呢喃著。

我一直被朔少爺調製的香氣保護著，舒服的香氣可以舒緩緊張，減輕頭痛和倦怠，抵禦疾病；香草及香料具有抗菌效果，很多種類都能提升免疫力。而我在離開了洋樓之後才明白這些知識。

生活在大自然香氣的環繞中，我的身心都漸漸地恢復了健康。

這樣被呵護的日子已經結束了。

「怎麼了？」

原本在物色鍋內食材的皋月看著我。

「沒事，」我搖頭，「下次來吃番茄鍋吧。」

「那是什麼？」

「加入魚貝類做成類似馬賽魚湯的火鍋，還要加香草，然後撒上帕馬森起司一起吃。」

「這個好耶！」皋月露齒而笑。

那時候我還有很多菜園的乾燥香草，但過了年之後，首先是化妝水用完了，再來是護髮素、沐浴乳、衣服清潔劑、護手霜、乳液及洗髮精等，貼著簡單標籤的容器逐一成為空瓶。每用完一樣我就會尋找與之相似的氣味，但無論我再怎麼仔細研究成分表，都找不到相同的香氣。一旦失去了就會漸漸想不起來，唯有「不一樣」這件事倒是依然清楚明白。

不過這種「不一樣」，過了幾天也就習慣了，然後慢慢不放在心上。我對自己天生的遲鈍嗅覺感到安心，要是遲遲無法忘懷，一定就只能痛苦下去。我忍不住緊抓著記憶，一想到無法從「永遠」逃離的朔少爺，內心就一陣抽痛。

當朔少爺的香氣從生活中完全消失時，春天來了。

那是個忙亂的春天，在我埋首於倉庫庫存品管的打工期間，櫻花早早就被雨水給打落了。沒能去賞花的皋月雖然對此抱怨連連，但似乎決定趁此機會為了夏天的來臨努力減肥，她開始在我們同日休假時到我的公寓來邀我出門散步。

我終於可以好好休假了，每個月大約六天。之前如果從早到晚都待在家裡，就一定會做惡夢，在那樣的夜晚，我會製作朔少爺教我的、加入德國洋甘菊的檸檬水，香草的氣味會誘惑我前往深層睡眠。隨著天氣越來越溫暖，做惡夢的日子開始減少，到了將冬季大衣送洗時，我也不再害怕睡眠了。

夜晚有時候，會讓我想起朔少爺。

我曾看著排列在工作室架上無數的香水瓶罐，詢問為什麼全都是玻璃容器。

「這樣內容物比較不容易變質，而且也能看出裡面是否有雜質。還有，比起金屬或塑膠容器，比較沒有味道的關係吧。」

朔少爺輕聲說道，像是不願破壞房內的寧靜般。

「玻璃本身沒有味道嗎？」

我這麼說完，朔少爺的眼神變得迷離。

「在嘈雜的夜晚，我會想像從玻璃瓶看出來的世界會是什麼樣子。」

我的腦海浮現藏青色的空氣中，沉睡在透明玻璃瓶底的朔少爺的樣子，他懷抱著只有他才知道的「永遠」。總有一天我會忘記與他相處的時光吧，因為我沒辦法隨心所欲地打開記憶的抽屜。

不過，只要意識到哥哥的事，以及在洋樓度過的那些日子，都好好地收藏在我的內心深處，小小的安心感就彷彿在胸口點起了亮光。

那是個天氣晴朗的休假日，我在使用洗衣機時，隱約聽見了皐月的笑聲。打開窗戶，耀眼的日光與爬藤玫瑰的紅刺入眼中。

皐月在綠籬旁正和房東太太聊天，時不時大笑出聲，最近她們兩人感情很好。駝著背的房東太太和皐月雖然年齡有一段差距，但房東太太紫色的頭髮和皐月灰藍色的頭髮似乎讓兩人產生了奇妙的同好感。

皐月注意到我而揮揮手。

「可以等我晾好衣服嗎？」我這麼問。

「當然啦！」活潑的聲音回應。減肥中的皐月不想待在家裡，她說在外面可以轉移肚子餓的注意力。說完，她的視線馬上離開我，開始幫房東太太整理爬藤玫瑰。

我簡單吃了吐司和柑橘醬當早餐，晾好洗衣機裡的衣物後走下公寓的樓梯。爬藤玫瑰盛開，鮮豔的紅耀眼眩目，我一時看得入神。

原本嘰嘰喳喳個沒完的皐月和房東太太突然靜了下來，她們頭挨著頭，看向綠籬的另一側。

「皐月？」

我呼喚她，她回頭壓低聲音說：「那裡有個看起來像討債的傢伙。」我走近綠籬，從藤蔓與枝葉間看向馬路。

馬路的另一側，站著一名身穿黑襯衫與夾克的男子，斜靠著身體抬頭看公寓的樣子我有印象。「新城？」我不禁出聲，刻意拿起掃把打掃公寓入口的房東太太和皋月同時一臉「蛤？」地看我。

我挺直背脊，從綠籬探出臉，新城注意到我，雙手依然插在口袋裡，踏著大步往這裡走來。尖頭皮鞋、合身褲子，有如一道黑影的男子肩膀交互一前一後地走了過來。不論從哪個角度怎麼看，都像夜世界的一份子，一點也不適合敲打被單的聲音此起彼落的住宅區。

我忽然想起了到洋樓拜訪的委託人們，他們也是隱藏著黑暗以及非日常的狀態，總覺得新城身上散發著這樣的氣息，讓我懷念了起來。

「唷，妳過得好嗎？」

輕鬆穿過爬藤玫瑰拱門的新城走進了公寓的所有地，房東太太露出明顯的嫌惡表情。「他是我朋友。」我這樣做了沒有人會相信的介紹，房東太太的表情果然沒有絲毫軟化。

新城身上有一種老菸槍的臭味，原來味道這麼重嗎？我嚇了一跳。也許那時我在不知不覺間已經習慣了。

新城未詢問「能不能抽菸」就直接叼起了一根菸，「禁止吸菸！」房東太太立刻大吼，他聳了聳肩。

「要不要去可以吸菸的地方？」

「不，不用了。很快就結束了。」

雖然這麼說，新城卻遲遲不開口，他不乾不脆地咬著菸上下搖來晃去。

「朔少爺好嗎？」

新城雙眼皮的眼睛銳利地看著我。

「不好。」

「什麼？」

「這麼說的話，妳願意回來嗎？」

他的視線緊盯著我，黑色的瞳仁窺探著。

「妳要是在意就自己去看看吧。」

當我還在思索怎麼回應時，「抱歉，」他別開了臉，「我不知道他是好還是不好，反正跟平常一樣。」

我有一點失望，輕吁了一口氣不讓人察覺。

「只是妳離開之後他變得莫名地老實，那個性格糟糕的傢伙不再酸言酸語，只是靜靜地工作，雖然對我來說是件好事。」

「這樣子啊。」

皋月和房東太太回去繼續整理爬藤玫瑰。

「老頭子倒是很寂寞喔。」

「啊，源叔。」

「他碎碎念了好一陣子呢，說什麼本來想把那座宅子讓給妳的，不過收到那麼大的骨董也是一種困擾吧。」

新城「啊哈哈」地大笑，香菸掉到了地上。「啊～啊！」他一臉嫌麻煩地蹲下。

「咦？讓給我？」

「妳不知道嗎？老頭子是那座宅子的擁有者，雖然老早就退休了，不過他以前是從明治時代營業至今的製藥公司社長。」

「我不知道。」

「哎呀，這也難怪，畢竟他老是圍著一條骯髒的毛巾在園子裡晃來晃去。他說房子太大了，靜不下來，把房子讓給朔隨意使用，自己住在只有兩間隔間的破爛屋子裡。」

新城邊玩弄香菸邊以嘶啞的聲音笑道：「受不了，都是一堆怪人，對吧？」他蹲著抬頭看我。

「妳就原諒朔吧。」

我不懂他的意思，於是我也緩緩蹲下，耳邊傳來蜜蜂嗡嗡聲，然後消失。

「我可是被解僱的。」

「啊～」新城粗魯地搔著黑髮。

「那是因為我沒事多嘴了。妳實在是太老實了，人家說什麼妳都接受不會懷疑。」

「這是什麼意思？」

「執念和依戀的差別。妳懂了嗎？我啊，最後跟他說，『即使對方討厭也不放手，那是執念。依戀有點太溫和了我沒辦法解釋清楚，不過執念是陷入只看得見自己的狀態。』我跟他說就憑你的鼻子應該可以聞出對方討不討厭吧。」

或許是忍不下去了，新城點起菸，吐出長長的白煙。

「可是這句話呢，讓他意識到自己有一天可能會被妳討厭。」

「這種事……」

「是呀，這種事是很正常的，但他就不是那麼成熟的人，我想他是像青春期的小屁孩一樣故意在刁難妳。」

新城連珠砲地說著。

「那個，我不是很懂……」

「那是他第一次出手干涉別人，雖然他都在幫人實現心願，卻從來沒有自己主動做過什麼，因為他對其他人沒有興趣。但是，他對妳做了什麼吧？我想，他後悔了，這是他第一次出現像個普通人一樣的矛盾情緒。」

他抓起小石子丟了出去，公寓灰色的牆壁發出「叩」的聲音，他又丟了一顆。

「剩下的妳聽本人自己說吧。」

新城倏地站起來後，大步向皐月她們走去。

「喂，阿桑，給我一枝這裡的玫瑰。」

「誰是阿桑啊，你這個小混混！不用這麼大聲我也聽得到啦！」

房東太太立刻回以怒吼，新城整個人縮了起來，皐月似乎心情大好地放聲大笑，我失神地看著莫名其妙和大家混熟的新城一手拿著園藝剪刀走回來。

「拿去。」他將剪刀遞給我，金屬的重量和冰冷讓我回過神來。

「由妳來選。」

「要做什麼？」

「妳只要剪下一枝玫瑰就好，我幫妳送過去，朔應該會察覺才對。是這裡的玫瑰吧，妳來面試那天帶著的。」

沒錯，我想起來了，我在包包裡放了一朵這種玫瑰走上斜坡，雖然是香氣微弱的玫瑰品種，但朔少爺馬上就發現了。我笑了出來。

「是呀，那時候我還被指出體味的問題。」

「好啦，快點剪吧。」

急性子的新城催促著。要從頭來過那一天嗎？接受朔少爺雇用，在洋樓工作，平穩的時光會再次開始，這是求之不得的事。但是……

「新城先生，」我放下剪刀，「還是不要了。」

「蛤?!」

新城錯愕地大喊。

「為什麼？」

我沉默地微笑著。

「妳啊，到底是老實還是固執，給我差不多一點。」

他轉身背向我抓住爬藤玫瑰，反射在剪刀刀刃上的陽光閃閃發亮。

我以為自己在做白日夢，淺色的短髮加上白色襯衫，舉止像貓一樣的男子輕巧地閃進了染成整片紅的拱門。

「沒有這個必要。」

深沉的藏青色聲音靜靜地響起，新城的動作停止了。

「你……」

「你偷偷跑到別人的房間裡隨意翻動桌子，為什麼還能認為不會穿幫呢？你都和我相處幾年了。」

「我只看了一香小妹的履歷表喔。」

新城緊張地眼神四處飄移，朔少爺瞬間瞇起眼，「嗤」地短促笑了一聲。

「原來被騙的是我嗎？你是故意留下味道的吧。」

新城勾起嘴角。

「你以為我和你相處幾年了。不過，比我預料的還快呢。」

「你的演技也差得太嚇人啦。」

好啦好啦，新城一手拿著菸轉過身去，朔少爺向房東太太點頭致意。

「抱歉叨擾了，好漂亮的血色天空呢，請您一定要傳授我家的園藝師種植方式。」

房東太太像是氣勢被壓制了一般點著頭，「啊，嗯嗯，我是無所謂。」雖然她的眼神訴說著「你是誰啊」，但似乎問不出口。

「謝謝，雖然稱不上謝禮，不過我有個情報。這間公寓禁止飼養寵物對吧？但一樓最裡面的房客養了雪貂喔，飼養環境有些糟糕，請找時間去看看，也是為了動物好。」

房東太太瞪大了圓滾滾的眼睛。

「雪貂是鼬鼠的一種嗎？」

「這個嘛，很相近。」

「喂，你也一起過來！」房東太太抓住新城的手臂拖著他往公寓走去。「咦？怎麼了？這麼突然？」皋月的眼睛睜得老大。

「這位是妳的朋友嗎？」

皋月對微笑的朔少爺全身緊繃地警戒了起來。

「妳搞錯柔軟精的用量了，那股體味沒辦法靠柔軟精或香水消除。妳很在意身上帶酸的臭味吧？這是因為沒有吃碳水化合物的關係，不要再使用不適合妳的減肥方式了，那個味道叫做酮臭味，是處於飢餓狀態的徵兆。」

皋月迅速地往後跳開，「一香，這個人是怎麼回事！」她大叫著連連嗅聞自己手臂上的味道。

「他是……」

我思考了一下，他是調香師、我的前雇主、灰色的眼神迷離不知道看向何方且是特殊嗅覺的擁有者，是和我活在不同世界的人。

我抬頭看著深紅色的玫瑰，呼出一口氣，開口：「皋月。」

「我可以和他談一下嗎？」

朔少爺以令人眩目的表情看著我。

我們走在陽光普照的住宅區。

從某戶人家屋中傳來小聲的電視或收音機的聲響，孩子的嬉笑聲迴盪在巷弄間。比起我所能聽見的聲音，朔少爺的鼻子接收到了更多更大量的生活訊息吧

「調香師的樂趣之一呢，」

朔少爺不疾不徐地說，是懷念的，藏青色的聲音。我想起當我們兩人單獨談話時，那個藍又會再深沉一些。

「就是在街上遇到自己調配的香味。調香師之間有這麼一說，製作出受到大眾喜愛、歷史留名的香氣，似乎是調香師的驕傲。我從以前就不是很懂這個想法。」

朔少爺稍微往路邊靠了一點，雙載著學生的腳踏車從身旁騎過。

「自己調製的香氣混雜著不特定多數人的體味飄散開來，我不認為這有多令人開心。因此，我辭去大企業的工作，開始以客製化的方式製作秘密香氣。因為瞭解委託人的體味，所以自己調配出來的香氣不會出現意料之外的變化。」

輕柔的風吹拂著朔少爺的劉海，陽光太過耀眼看不見他的表情。但是，他的聲音很平穩，因此我安靜地等著他說下去。

「我想我很不擅長應對變化。」

數秒間的停頓。

「我想要擁有不會改變的事物，其他人無可奈何的秘密，都和我的記憶一起成為了永恆。」

「即使如此，」我說，「還是有人因為和你分享秘密而獲得了救贖。」

我感覺到朔少爺笑了，就像嘆息般寂寞地。

「我認為妳總有一天會離我而去，我不希望妳對我感到厭煩，不想要妳像被美髮師監禁的女子那樣散發出恐懼的味道，我很害怕那樣的味道會遺留在永恆中。所以，我阻止了變化。」

「朔少爺……」

「但是，」朔少爺打斷我的話繼續說道。

「妳離開了以後紅茶的味道改變了，明明香氣還是一如既往。」

短髮在陽光的照射下閃閃發光，我不明白他在看著什麼，也不明白他聞到了什麼。只是我好幾次，好幾次回想起這張側臉。

「我從來不知道還有這樣的變化。」

「朔少爺。」我再次呼喚他，這次沒有被打斷。

「我是個騙子，所以不能保證有不會改變的事物，即使如此你仍然接受的話，我願意為你泡杯紅茶。」

眼神相會，帶著灰色的瞳孔清晰地看著我。

「我會以友人的身分，到那座洋樓玩。」

我感受到些微屏住呼吸的氣息，接著，朔少爺緩緩地笑了，那是有如孩童般的笑臉。「謝謝。」他輕聲呢喃後閉上眼說道。

「一香小姐，又有新的玫瑰花開了。」

國家圖書館出版品預行編目資料

透明夜晚的香氣/千早茜作; 林佩玟 譯. -- 初版. -- 臺北市：皇冠文化出版有限公司, 2024. 02
272面；21×14.8公分. -- (皇冠叢書；第5137種)
(大賞；156)
譯自：透明な夜の香り

ISBN 978-957-33-4104-8(平裝)

861.57 112022558

皇冠叢書第5137種
大賞 156

透明夜晚的香氣

透明な夜の香り

作　者—千早茜
譯　者—林佩玟
發 行 人—平 雲
出版發行—皇冠文化出版有限公司
台北市敦化北路120巷50號
電話◎02-27168888
郵撥帳號◎15261516號
皇冠出版社(香港)有限公司
香港銅鑼灣道180號百樂商業中心
19字樓1903室
電話◎2529-1778　傳真◎2527-0904
總 編 輯—許婷婷
責任編輯—陳又瑄
美術設計—嚴昱琳
行銷企劃—謝乙甄
著作完成日期—2020年
初版一刷日期—2024年02月

法律顧問—王惠光律師

讀者服務傳真專線◎02-27150507
電腦編號◎506156
ISBN◎978-957-33-4104-8
Printed in Taiwan
本書定價◎新台幣380元/港幣127元